全椒古代典籍叢書

吴鉞集

（清）吴鉞 撰

政協全椒縣委員會 編
國家圖書館出版社

圖書在版編目(CIP)數據

吴鉞集:全一册 / (清)吴鉞撰;政協全椒縣委員會編. —北京:國家圖書館出版社,2020.12(2024.6 重印)

(全椒古代典籍叢書)

ISBN 978 -7 -5013 -7220 -1

Ⅰ.①吴… Ⅱ.①吴… ②政… Ⅲ.①古典詩歌—詩集—中國—清代 Ⅳ.①I222.749

中國版本圖書館 CIP 數據核字(2020)第 259267 號

國家圖書館出版社
官方微信

書　　名	吴鉞集(全一册)
叢 書 名	全椒古代典籍叢書
著　　者	(清)吴鉞　撰　政協全椒縣委員會　編
項目統籌	殷夢霞
責任編輯	張愛芳　張慧霞　司領超
重印編輯	張慧霞
封面設計	翁　涌
出版發行	國家圖書館出版社(北京市西城區文津街 7 號　100034) (原書目文獻出版社　北京圖書館出版社) 010 -66114536　63802249　nlcpress@ nlc. cn(郵購)
網　　址	http://www. nlcpress. com
排　　版	中睿智成(北京)科技有限公司
印　　裝	北京華藝齋古籍印務有限公司
版次印次	2020 年 12 月第 1 版　2024 年 6 月第 2 次印刷
開　　本	710×1000　1/16
印　　張	21
書　　號	ISBN 978 -7 -5013 -7220 -1
定　　價	300.00 圓

總序

皖東全椒，地介江淮，壤接合寧，古爲吴楚分野，今乃中部通衢，建置歷史悠久，文化底藴深厚。據《漢書·地理志》載，全椒於漢高祖四年（前二〇三）置縣，迄今已逾二千二百二十年。雖屢經朝代更替，偶歷廢易僑置，然縣名、治所乃至疆域終無巨變。是故國史邑乘不絶筆墨，鄉風民俗可溯既往，遺址古迹歷然在目，典籍辭章卷帙頗豐。

有唐以降，全椒每以文名而稱江淮著邑。名臣高士時聞於朝野，文采風流廣播於海内。本邑往哲先賢所撰經史子集各類著作并裒輯之文集，於今可考可見者，凡數百種一百七十餘家。其年代久遠者，如南唐清輝殿學士張洎之《賈氏譚録》、宋代翰林承旨吴幵之《優古堂詩話》《漫堂隨筆》；其聲名最著者，如明代高僧憨山大師（釋德清）之《憨山老人夢游集》、清代文豪吴敬梓之《儒林外史》；　至於衆家之鴻篇巨制、短編簡帙，乃至閨閣之清唱芳吟，舉類繁複，不一而足。又唐代全椒鄉賢武后時宰相邢文偉，新舊《唐書》均有其傳，稱以博學聞於當朝，而竟無片紙傳世，諸多文獻亦未見著録其作；　明代全椒鄉賢陽明心學南中王門學派首座戚賢，辭官歸里創南譙書院，經年講學，名重東南，《明史》有傳，然文獻中唯見其少許佚文，尚未見輯集。凡此似於理不合，贅言書此，待博見者考鏡。

雖然，全椒古爲用武之地，戎馬之鄉，兵燹頻仍，紳民流徙，兼之水火風震，災變不測，致前人之述作多有散佚。或僅見著録下落不明，或流散異鄉束之高閣，且溯至唐代即疑不可考，搜於全邑亦罕見一帙……倘任之如故，恐有亡失無徵之虞，亟宜博徵廣集，歸整編次。前代鄉先輩未嘗不欲求輯以繼往開來，然薪火絶續，非唯心意，時運攸關。

今世國運昌隆，政治清明，民生穩定，善政右文，全民呼應中華民族復興，舉國實施文化强國戰略。全椒縣政協準確把握時勢，以傳承發展中華優秀傳統文化爲己任，於二〇一七年發軔擔綱編纂《全椒古代典籍叢書》，獲全椒縣委、縣政府鼎力支持，一應人事財力，適時調度保障。二〇一八年十月，古籍書目梳理登記及招標采購諸事宜甫定，即行實施。

是編彙集宋初至清末全椒名卿學士之著述，兼收外埠選家裒集吾邑辭章之文集，宦游者編纂他邑之志書則未予收録。爲存古籍原貌，全套影印成册。所收典籍底本，大多散落國内各省市、高校圖書館及民間收藏機構，或流落海外，藏於日英美等異邦外域。若依文獻目録待齊集出版，一則耗時彌久，二則亦有存亡未定者，恐終難如願。爲搶救保護及便於閲研計，是編未按經史子集析分門類，而以著述者個人專題分而輯之，陸續出版。著多者獨自成集，篇短者數人合集，多則多出，少則少出，新見者續出。如此既可權宜，亦不失爲久遠可繼之策。全椒古籍彙集編纂，史爲首舉。倉促如斯，固有漏失，非求急功近利，實乃時不我待。拾遺補闕，匡正體例，或點校注疏，研發利用，唯冀來者修密，後出轉精。

賴蒙國家圖書館出版社承影印出版之任，各路專家學者屬意援手，令尋訪古籍、採集資料、版本之甄别、編纂之繁難變而稍易。《易》曰：『二人同心，其利斷金。』君子共識而遇時，其事寧有不濟哉？

文化乃民族之血脉，典籍乃傳承之載體。倘使吾邑之哲思文采，燭照千秋，資鑒後世，則非唯全椒一邑獨沾遺澤，亦可忝增泱泱中華之燦爛文明以毫末之光。編次伊始，略言大要，勉爲是序。全椒末學陸鋒謹作。

《全椒古代典籍叢書》編纂委員會

二〇一八年十月

前言

吴鉞（1717—？），字愛棠，一字震遠，號二泉主人，安徽全椒人。吴氏之生卒年史料闕如，考韓錫胙《滑疑集》卷四《豫祝吴愛棠刺史五十壽序》謂：『（清）乾隆三十年（1765）十二月之望……古之人年五十而知四十九之非，吾已四十九矣。』是知吴氏當生於清康熙五十六年（1717）。［民國］《全椒縣志》曰：『（吴鉞）遷奉天同知，卒於官。』據［民國］《奉天通志》卷一百三十三載，吴鉞於乾隆三十三年任奉天治中，繼任者勒善於乾隆三十五年到任，故知吴氏卒年當在乾隆三十三年到三十五年之間。

吴鉞爲全椒貢生，乾隆二十四年以知州借補無錫知縣。韓錫胙《滑疑集》卷六《奉直大夫知州管常州府無錫縣事今調蘇州府吴縣知縣藹塘吴侯去思碑記》曰『乾隆乙酉春……命侯以知州御攝吴縣事』，故知吴鉞於乾隆三十年調任吴縣知縣。據［咸豐］《邳州志》可知吴鉞於乾隆三十二年署邳州知州。

吴鉞爲官清正，惠聲不絶。爲無錫知縣時，因邑龍塘村民家懸神軸，爲鬼魅所苦，吴氏以捕盜爲名予以打擊。爲吴縣知縣時，因官聲極佳，百姓竟不忍其調任邳州，沿香河岸爲其送行，畫家鄒一桂爲吴氏繪《攀轅圖》以爲紀念。調任邳州知州後亦是如此。吴鉞作《留别邳州》詩曰：『民心思挽留，直欲閙當寧。此事格不行，父老何自苦。顧我有何能，輒爲衆所與？』

吴鉞不僅爲官出色，亦工古今體詩。其《愛棠詩偶存》雖存詩不多，寫景懷人皆有可觀之處。乾隆二十七年，皇帝巡幸惠山，時任無錫知縣的吴鉞將乾隆御筆及宋犖《竹爐圖詠》列爲四册，成《惠山聽松庵竹爐圖詠》。《吴鉞集》所收文獻即爲以上兩種。吴鉞在文學史上名聲雖不顯赫，但他在乾隆時期廣爲交游，與沈德潛、袁枚等著名學者來往密切，此集的出版可在一定程度上補充乾隆時期的文學史資料，對我們進一步探究當時的文學面貌具有非常重要的意義。

《全椒古代典籍叢書》編纂委員會

二〇二〇年十二月

凡例

一、本集凡文獻兩種，成書一册，乃吴鉞著述之合集。

二、本集所收各書，另撰有提要置於全書之前。

目録

愛棠詩偶存二卷　（清）吴鉞 撰　清乾隆二十六年（1761）刻本 …… 一
惠山聽松庵竹爐圖詠四卷　（清）吴鉞 輯　清乾隆二十七年（1762）刻本 …… 一一五

提要

一、愛棠詩偶存

《愛棠詩偶存》二卷，清吴鉞撰，清乾隆二十六年（1761）刻本。是書卷首有吴氏乾隆二十六年自序。卷前鈐有『温州市圖書館藏』印。此書在《皖人書録》著録爲《愛棠詩存》，實誤也。據吴氏自序曰：『什之三四名之詩存。非存詩也，存吾不喜詩而學詩，學詩而不知詩，不可與言詩而謬托於詩之意也。』故知此集乃吴氏自選自訂，意在存詩學之主張也。是集之詩多有雙行小注，於時地交代頗詳。至於其中《迷溝懷古，步家青然先生韵》《喜聞三弟通判潞河》《十九弟金輅雨中過談》諸詩，頗具文獻價值，於吴氏家族之史實考辨可爲一助。

二、惠山聽松庵竹爐圖詠

《惠山聽松庵竹爐圖詠》四卷，清吴鉞輯，清乾隆二十七年（1762）刻本。是書卷首有聽松庵竹爐圖。卷首鈐有『北京圖書館藏』及『長樂鄭振鐸西諦藏書』印。乾隆三次南巡，皆經惠山，曾題此卷。諸畫爲秦文錦所臨，書簡者則爲吴心榮，皆爲上品。第一圖爲九龍山人王紱制，第二圖爲履齋寫，第三圖爲吴珵寫，第四圖則爲張宗蒼所補繪。鄒炳泰《午風堂叢談》卷五云：『乾隆己亥，是卷爲邑令邱漣取入官廨，不戒於火。名山巨迹，了無一存。大吏奏入。皇上於幾暇親灑天筆，爲作第一圖，復命皇六子補第二圖，貝子弘旿補第三圖，侍郎董誥補第四圖，御製詩章冠於卷首。於每卷圖後，補録明人序疏詩什，依其原次，以還舊觀。』原卷後燼於火，存此摹刻之本傳世，猶依稀可見古作之面目。

愛棠詩偶存二卷

（清）吴鋮 撰

清乾隆二十六年（1761）刻本

什之三四名之曰詩存非存詩也存吾不喜詩而學詩學詩而不知詩不可與言詩而謬托於詩之意也若以詩論則覆瓿之誚雖質之五尺之童皆以爲不免矣二泉主人吴鉞貫於新顔之平恕堂時辛巳且月初伏日潤[illegible]

一片[illegible]

愛堂詩偶存卷一

全椒吴　鉞震遠著

春日讀昌黎文

正學宗韓子。精神汗簡留。何當與八代。直可貫千秋。妥貼生排奡。清奇更警遒。春明煙水濶。[illegible][illegible]憶潮州。

偕諸兄弟遊醉翁亭

一片秋光萬疊山。故園此地好開顔。同堂兄

弟兮攜酒誦罷歐文盡醉還

和俞蘭蓀秦淮泛舟韵

秦淮五月風光媚蘭橈桂槳紛歌吹紅裙女兒倚朱欄敲針作鈎釣魚戲晚来明月篩垂楊號呶笑謔遊人醉俞郎瀟洒美少年風流酷似李青蓮隔浦不問採蓮女橫波偏渡採蓮船酒酣忽唱秦淮曲家家捲箔移高燭舟中才子佳人憐天邊月色燈光續檀板歌盡

詩句新不用紛紅更駭綠

三過黃河

飄零書劍盡三度過黃河有淚思先子無顏對逝波船頭紅日上天外白雲多此去真難卜長唫喚奈何

山左道中

茆店雞聲送客遥沙堤按轡馬蕭蕭齊峰魯巘渾難辨惟見青嵐上碧霄

至浭陽晤魯伯敬叔和葦皆　先君
子所善士也撫今悼昔感而有作

匹馬長征蒞浭陽先人此地有遺棠一尊舊
兩情如訴萬里悲風目自傷可但文章興類
辟還餘政績表琴堂無端黃髮牽衣住回首
當年泪數行

奉陪王文山夫子崇志堂夜飲

南北諸生待品題傳經夜夜照青藜每從文

後私窺鳳常向樽前學舞雞時雨一簾榮蕙草春風滿座拂棠梨醉来更寫蘭亭記五色雲煙望眼迷

中秋書懷一

去春詣太學忽忽今又秋經傳日三復詩賦亦清謳茫昧終未開常此抱樸遊締交尚信義言動飭虛浮同堂憐我拙不吝勤諮諏惟嗟鄉里遥慈闈將白頭兩弟皆幼弱教養恐

難周妻病偃在床参苓誰與謀數畝負郭田
耔粒苦無收每一得家書倥偬集百憂二十
背嚴親丸和熊胆投區區博青衿庸劣貽士
羞貢入太學来遠紹而旁搜冥心遵先訓為
文戒險幽但可祛紕繆敢與賢達儔況復坐
井蛙安得窺汗牛譬如望廣寒萬仞高瓊樓
雲外香韵飄折枝推俊尤我今溷芹藻自視
類蜉蝣努力圖進取負山蚊體柔明年龍門

會（来歲逢丁卯）河鯉爭上流家事攖吾寧將毋盟白鷗欲歸歸未得雖休還勿休虛窓對明月去住費持籌且酌杯中湮謌吹起神州来晨再計決清露濕衾稠一

月夜恭聞德濟齋夫子講易

天潢儲碩彥夫子更醇儒泰輔乾坤治恒沾師澤濡同人咸太有无妄履中孚遙想譚經處中宵神鬼呼

賦得路遠淂書稀次張宣四韻

石鼓聲清越来遊久未歸能毋思母切況乃得書稀迢遞山川阻驚疑魚雁違将肩舊行李遠趂白雲飛

湧金樓賒酒二占

離思杳杳逐愁来幾度臨風掃不開惟向文園賒美酒九廻腸日醉千廻

余将南歸駱甸方胡芝葳招同姊丈

郭奉墀置酒為餞分韻賦别得春字

蕭蕭襆被易冬春又捲寒風面漬塵孤舘野鴻隨淚落隔堤衰草帶眉顰廿年好夢追前事一醆香醪共故人去住關情情太甚相思端在大江濱

抵維揚

行殘薊北三千里早是揚州廿四橋此去家園應未遠慈闈懸望轉摇摇

玉澗道人彈東坡醉翁操

徽風欲動聲沉沉玉澗道人彈素琴大絃切切小絃急一彈再鼓何愔愔愔愔切切心如績層雲疊起花陰碎恍聞幽谷咽寒泉嚦嚦黃鸝弄曉煙絃中寫出幽人理松風瀑布誰與比在昔彈琴見古人況有新詩在人耳寄語醉翁與東坡此時曲調意如何

賦得春江花月夜和郭髙望韻

晴江舒白練澒洞渺無涯淋氣三春滿清光
一夜奢遠峰青暎月淺瀨碧搖花野靜雲俱
徹更深鳥不譁魚驚鬧撥剌帆連影橫斜明
日陽和裏千邨裛露華

姑孰積陰同徐丈鳳木賦

客舘荒涼地數弓論文酌湮興偏同江南江
北沉雲黑人在姑溪風雨中

無題二十韻

先世規模遠吾家隆起時黃山丕舊緒襄水發新枝王考修天爵淋媛賛福基伯曾分作宦牀亦遠親師我父尤藍玉同懷號白眉窮經全體用有守達猷為廉幹徵三異仁慈兆兩岐無何霜露感不覺歲時移畫荻闈幃訓簪荊井臼持可憐煢廿載方幸保諸兒雁序叨黌序文思啟孝思讀書情凜凜交友意偲偲鶴志凌霄早鶯聲出谷遲田園蕪未治舍

宇朽難支風雨言懷夜舟車遠滯期彈琴區
靜蹤飲湎辨醇醨且握吟風槧還臨研露池
劉蕡非自棄毛遂本無奇策力追前訓趨庭
奉母儀名山多後傑豈少世人知

丁夘鄉試後偕汪次韶家文其弟蜀
川登燕子磯和辟閒李嘯村原韻

春社尋巢秋不歸江豘吹浪啄泥肥無端一
夜驚風雨空羨翩鴻作遠飛

清流關懷古應試

環滁山不斷中屹清流關當年十萬師旌旗蔽山間暉鳳既就擒道里除險艱承平自炎宋今但號關山陰雲歛古木幽澗鳥綿蠻長歌懷六一清境足追攀借問耕釣者悠悠日月閒

凋傷行哭蘭蓀

廣裒琅玕圃芬馥蘭蕙英潤之以玉露相視

等金莖衆草羞繁茂群花空芳菁君子紉為佩王者鑑其清德馨擅譽早（蘭蓀辛酉選貢隨舉孝廉年未及壯）佳氣冠春城商飈縱飄發能令躁慾平還美四時姿孤潔自天成胡為慘凋傷使我長吞聲葭莩誼疊重（余母為蘭蓀堂姑余内即其胞妹）椒桂性堪盟不忍躡幽徑零落難為情尚望茁新芽畱與謝堦榮

與趙丈難涸小酌

姑溪有趙子老健步文壇腸欲逢人熱光能
觸劍寒每流經史趣盡覺古今寬小酌邀吾
輩江峯夜月殘

兄奇蒓招同姻丈江南村表弟俞默
存仲兄律諧賞梅花即席偶成

幾分春色半林花依約當年處士家疎影偏
鄰新月瘦短枝猶挂角巾斜尊前江筆心能
寫座上俞琴手自撾羣季翩翩惟我拙醉探

香韵向空拏

棠邑市上得孫國光先生小楷志喜

銀鈎鐵畫爍光芒北海丰神銳頴藏囊得来顛擘窠字一齊収拾入行囊

翠筠歌題趙三丈畫竹

風瀟瀟雨淅淅逼向篔簹聲歷歷趙丈高卧得真神潑墨淋漓翠筠滴尒時我從門外来洞冥煙雲飛四壁君不見瀟湘堤上竹千竿

化作龍吟吐長笛

示弟鏊

愛爾親書史臨文蹈大方覃思餘粟窖高視薄尋常未蹟曾劉步毋為嵇阮狂早年食廩餼從此近含香

迷溝懷古步家青然先生韵

赤帝關中控九州重瞳散騎走迷溝千軍夜觸星河落一劍霜橫草木秋此地徵波空飲

馬當年壯氣欲吞牛早知衣繡非長策爭使旁人笑沐猴

謝友人惠松雪墨蹟

蘭亭真本人間少秋壑神無松雪清最苦病来踈腕力臨池珍重故交情

哭鳳池即追和十日前留别二首

生離猶不舍死别更堪憐豪氣天門燭精竟旅舘眠霜風吹嶺外塞雁落燈前泉路逢吾

姊牽衣倍慘然

十日離筵共之官卜大行彩花方入夢白湮

忽前傾婚嫁何曾見文章孰與更數行詩讖

在無路泣將迎

附留別作

內家羣從好與爾舊相憐風雪燕山夜清

言耿不眠羇孤生事減氣誼古人前年籥

看頻換迴思更黯然

古道征塵懶匆匆又遠行别懷無處說離
恨為君傾短髩星霜改枝官歲月更臨岐
還執手有夢與將迎

九月二十夜夢朱荆岩夫子講隴岡
阡表覺来猶聞餘聲如生泫然志感

十年風雨憶師門不是悲秋也斷䰟夜静忽
教隨石几醒来何處獻芳尊歐公孝悃通天
地阡表華封蔭子孫夢裏丁寧神悚息寒衾

孤枕濕啼痕

四過黄河叠前韻

十載蓬門住，秋風又渡河。張帆澄素影，落雁滚清波。驚起魚龍戲，相思歲月多。回頭違故國，遊興更如何。

小市買硯贈郭孝廉天織

晨行小市石聲戛，照眼璘璘入手滑。質非端溪非歙山，疑是沉泥垢膩刮。價廉穩稱貧囊

錢買贈親家作筆札天織郎元路為余長婿

琉璃廠逢賣卜者舊識王子邀飲肆

中觧衣為贐復贈以詩

轗軻不問君平卜君平尚作窮途哭問客京華已三年賣卜之錢未充腹日向市中行暮借旅店宿再食殊艱難安得租房屋鄉國嗟寫遠欲歸愁水陸平生嗜飲君所知買酒囊空賒難復夜来輾轉不成眠卜筮遺書仔細

讀想是學卜卜未靈他人盈門我居獨閒言
亟邀入肆中連呼數壺抑其窮困頓能自安
義命捫懷但嗔術未工卓卓固窮君子風我
来賣卜與君若一枝之棲尚可托君果思歸
謀以歸解衣易資返山郭有人問我近何如
岐路楊朱形寐寞一酌再酌王子喜不卜良
辰束行李

乙亥秋八月奉　簡江藴紀　恩八

韻
風飄玉宇香蟾桂露轉金盤滴井桐挾策幾回依 帝里沾 恩今日拜 宸宮賢臣黼黻風雲際末吏趨蹌劍佩中畿甸巡行邀翠輦（時 聖駕行幸木蘭王大臣奉命看驗）班聯祇肅仰 皇衷鳳御花誥從 天錫秋暌葵心望 闕通吳下多山堪走馬小人有母念和熊庸材勉盡官司守素願難酬覆載功從此揚帆歌閶

澤五湖煙雨正濛濛

虎邱

白虎騰空剩虎邱劍池鶴澗足勾留傳來吳下風光好此地還應在上頭

弔五人墓

行過要離塚來弔五人墓當年逆璫煽妖氛寡廉鮮耻羣依附吏部周公敢攖鋒觸威豺虎豺虎怒生祠排闥羅凶占猛然矯詔擒都

護哀哉吳中父老但欷歔獨有五人熱血淋漓向官訴官視佩韋等葦如草芥遂乃義憤激烈挺刃相奔赴可憐吏部難未解五人陷阱連黨錮吁嗟乎天下生祠一旦傾百有餘年墓完固君不見墳頭宿草自青青歷盡秋霜帶春露

奉使婁江賑饑事竣書感

吳下偏灾告懸懃 鳳詔来巡簷頒 御廩

比户上春臺野老霑恩泣邨兒得食孩書生
初奉使歡逐水聲回

攝金壇篆贈龐尹莊大薰泉

曾記登瀛次筆峰（莊令丙辰領鄉薦後順過鄭湖會飲於筆峯山）廿年宦海又相逢君因多病期瓜代我愧無才
問菜傭勾漏砂應餘地肺華陽寺已護雲蹤
一尊舊雨情如渴惟有松醪暎瘦容

提調學政告竣呈學使晉寧李公

皖省繩樞子初叨民社司草茅書味遠公輔
德恩垂玉尺量材日金沙躍馬時清芬披杖
杜佳句惠眾邕（公贈句有云行春句曲真仙侶借刺花封識異才）蠡
見難窺海蛙吟敢和詩千章清夏木依蔭樂
追隨

祠龍行

隆熱歊絕旱魃虐高田窪田溝洫涸青草欲
枯苗欲死金沙之民百憂作老母目擊心如

焚仰天禱祝茹蔾藿時先慈茹素祈求飭鉞嚴禁屠宰我情
驚怖更靡寧茫茲直欲叩冥漠此邦比年無
灾祲新来縣官德涼薄戒壇祠祀行雨龍率
衆考伐壇鼓鐘龍兮龍兮莫龍鍾霓消雲布
華陽峰不念縣官念野農

喜雨荅太史于午晴先生

造物愛人人不死霡霂滂沱興未已荷蓑荷
笠雨中行報賽神龍歡婦子禾苗欣欣溝澮

盈方苞穎栗從此起無雨則憂有雨喜民情
轉變易爾爾縣官憂喜隨農夫先憂後樂于
太史

秋月吟由金沙還陽羨舟中

灼灼芙蓉花皎皎吳山月花月相新鮮扁舟
乘夜發野馬墮衣襟抽繭文心活輕舠採幽
芳虛窗挂銀窟憶我數年前態度頗超越看
花捲蝦鬚弄月梳石髮況當秋露清梵偈聞

十笏而今為祿仕此調幾泯没迢迢金沙来蜀山迎硉矹四野颯金風泥滓上鞋襪愚者難為情我懷寧兀兀倚月拈花紅冷韻浸氷骨

謝少司馬耐圃于公寄惠書扇二絶句

彈指三秋過頻瞻讀禮居時公方憂居如何飛雁足繫下右軍書

六角揮毫後殷勤惠遠人彩囊從此佩何處
有風塵

喜聞三弟通判潞河

蚤起得弟書匆匆報萱室平安固足喜河干
復登秩俊秀惠連姿奮袂懷投筆奔走歷京
畿先業勤追述今兹分郡曾相望展經術南
北雖殊途馳驅情畫一努力荅 君親光陰
不可失

蔡一飄集毛詩四章作隸書見貽報
以陽羨雨前茶賦此代柬

絶妙辭成寫八分中郎能事総輸君别来初
識龍團趣寄與文房伴甕雲

同弟鏊銓扶　母宜人櫬歸葬舟次
棠邑風雨交作漫賦以當哭

哀哀我母竟何之生迎奉養歸無期斯歸有
靈識鄉里棠邑孤舟倚繐帷長兒號慟幼兒

哭無母誰為撫諸兒白雲渺渺黑雲合風雨連綿無了悲環顧舟子皆熟睡燈昏夜靜雁来時

哭朱氏妹

賢哉朱氏妹死為痛萱親妹聞母訃慘不慟嘔血数月卒得瞻含飯回思暗愴神機杼朝淚落覓夢夜星燐自足型巾幗傷情切棘人

葬畢将視家口於陽羨妹夫胡石渠

孝廉賦詩贈别依韻奉荅兼述近懷

珠浦有才人移居共村縣我愧沙哥賢樂天素交善古道振金徽澄思穿鐵硯屈指結心知隙駒速郵傳憶君早科名丰姿美淮甸著述擷芳華幽光羣健羨十上困公車怡然甘野膳卓卓立雞壇炳炳含豹變取次會風雲暫作煙霞戀設帳課生徒有湮邀姻眷惟我日往来看鳳餐槐楝中傷妹云亡携手弔幽

竈彼此各傾悲相思不相見逾年我北征枯顏空落蒨負笈謁金臺親師止文院離緒猶棼絲誰為織匹練歸来敝貂裘欷歔心目眀感君篤舊歡晨夕接清讌長吟謌白苧潑墨題黄絹簡練為揣摩天地留詩卷數間茅艸屋風雨勤修繕笑我熱名場心急如相煎一官之吴門吏治少精研君帆江上来䖍谷生鈎箭（石渠曾過陽羨官舍盤桓半月餘）偉論確不磨耳目驚

雷電上莫負萱親下當謀翼燕案牘提巨綱
聽訟戒逾延酒闌燭灺時至情更綿纏風雪
倏瀰漫扁舟歸薛卞孤松濕翠衣寒梅落金
鈿方吟伐木篇蓼莪哀咏徧迎養遽長辭號
痛神四眩母死氣如生兒貴身同賤資郎亦
何為手脚縛難旋長途挽喪車雞骨霜風鍊
先業蕩無存遺型乞論誤佳宅卜經營苦塊
忍閙宴君維奠禮畢憐我神思倦相招避炎

曦舉杯揮素扇忽忽商飈飄蟋蟀鳴壯歲家口寄他鄉霜寒先集霰陽羡起愁雲哀鴻飛一片世事杳無憑回頭傷鬭釁田宅典豪家芳園失幽囀薜挂斷焦桐笥藏敗錦面牙籤委泥塗袖石沉滇澌吾母若生還應亦哽鯉饌君言知我心永懷經術彥涵泪讀君詩素質餘光絢此别兩含情語寄歸雲便

附石渠作 原注歲戊寅自春徂秋與愛棠内兄相晤各有今昔

之感漫成五百
字述懷贈別

我家離江邨與子同鄉縣弱冠締交親行
誼常嗟善凡羽但卑棲室衡守筆硯勁翮
務騫騰大邦攝符傳歲序逢丙子君去之
京甸承流到姑蘇飛鳧向陽羨花封廣栽
培慈闈奉甘膳德意正芬敷倏爾萱堂變
惠政在棠陰父老生愛戀留君卜宅居離
緒縈親眷今歲春欲闌風信開紫楝挐舟

遠歸来為親謀甫竁故園淂淹留旬朔時
相見迢遞過炎暑茂對日葱蒨偶爾烹清
茗相邀到閬院君歷風塵久世事多綜練
慷慨説平生不覺心目瞤憶昔家居日招
呼共談讌庭垂蝦鬚簾盡列鵞溪絹古帖
蓄千函秘書置萬卷籤縢自排頓標褫長
葺繕棐几羅丁尊寶鼎焚甲煎清言競絡
繹名理相磨研酌酈傾縹瓷跋燭移漏箭

意氣亦雄豪轉徙同掣電常逐道間鴻久
閑堂前燕屋角有蠨蛸堦草日蔓延一官
轉空囊瑣屑徒牽纏勸君勿咨嗟如我更
踈下餘澤撫杯棬遺挂傷釵鈿蓼叢與蘗
塢辛苦嘗應徧造化實使然徒爾自驚眩
山陽感存亡下邽識貴賤年來學曠達虛
舟任回旋良玉入爐炊精金成鍛鍊君材
足恢張我意在論譔所貴能對立豈肯懷

安宴彼此語縷縷聽者俱忘倦爾日鮮風
生招涼屏團扇絡緯啼金井蟋蟀吟翠[illegible]
秋思正以深況乃月如霰君忽賦旋歸江
帆駕一片感念風波睽極目蒹葭[illegible]来值
野鶯鳴去值林蟬囀贈人貴以言知人不
在面唐貢峰嵯峩長蕩波滇泖有茶供清
飲有笋充嘉饌彼地實靈雋產毓多英彥
君與相往還清才彌炳絢惠我有音書長

趂魚風便

無米歎

風雪歲云莫曉寒逼短衾起視臼中糧匃中
寒氣森詫婦不早告乞食向知心婦問知心
誰意計若林林貧者類懸釜富者恡分金沿
門無可乞婦問意良深罷官羈異地囊空一
至今饑寒填溝壑幾希辨人禽堪怪小兒女
倚闌啼莫禁

席上贈郭甥元瀣

齊竽羞試鋏羞彈吟入紅橋秋色殘（時甥歸自邗上）怪底狂歌空醉後醒時依舊布袍單

十九弟金輅雨中過談

盲左腐遷擅文章偃蹇擯斥千古傷大夫中郎非不貴讀書論世羣雌簧文人所重在礪行蘭生九畹何芬芳山劉嵇阮太放縱王楊盧駱嗟飛揚我輩名教有樂地李杜萬丈光

談長古人往行皆可鑑雞窗風雨深思量

韋藥仙家荀卝兩中翰各寄見懷之

作支離窮悴重勞惓惓勉賦奉荅並

呈都門一二知己

雙雙絲屨碎花陰退食從容惠好音吳道子

原通雅誼韋蘇州更結芳心柴門月掩麻衣

寐虎觀煙垂玉珮深何事折腰還乞食故人

丰采峻千尋

胥江舟中書程竺溪先生遺稿後有引

巳卯四月程四有勳乾齋寄其尊人竺溪先生近作數十藝見示且云二十年來詩文雜著甚富期過會城商訂付剞劂噫嘻余風塵久矣何足以知先生文況先生文名籓重海內又豈余言所能道揚萬一乎哉時補官匆匆未盡領畧藏

之行筍以待風雨晦明作滌塵散也七月十六日舟次胥江聞先生訃於邑久之啟讀寄作竟成遺稿書三絶句於卷末并寄乾齋以抑其悲先生諱兆僎字勷阡號笠溪江寧人有詩文集行於世

三山門外程夫子閒達無求品行醇曾記姑溪趙三丈醉傳徐孺是前身

白下英材多弟子江干樵牧識先生漫言著

作盈千卷此册淵然見性情

翩翩季子識都門李杜文章後葉存冣苦胥

江泊舟處一天風雨感黃昏

讀　御製題竹爐四卷詩恭紀

萬里風光倬碧天　龍顏喜瀹惠山泉松回

菴古容僧聽竹爲爐虛任火然　宸翰珍奇

留雨露珠峯凝彩接雲煙小臣拜紀賡揚盛

素抱葵心向日懸

題李柳亭騎牛圖即次自題原韻

刀劍欣看換犢牛清風渤澥問行由漢書豈用重橫背斗笠無端忽上頭呼去任人還可應騎來憑我復何求知君不是閑圖畫綠野桑麻勸未休柳亭兩令盐城武進興學重農循聲載道

贈陳天峰

山陰儲名流陳君尤偉岸早歲羅珠璣振筆

雄詞翰窮經將致用非徒富簡汗駿足之走皇
州千里無羈絆才名動軒冕卓識包銅炭初
聘入恒安蓮幕資襄贊大疑指掌譚大計迎
刃斷此事詎易期汲古持金鑵壯年氣益豪
聲譽增彪煥名公倒屣迎所至推神算乘暇
理詩書文章光燦爛一舉捷南宮紫閣恩波
渙臚　詔蒞吴中表表儒臺冠郗帳久稱奇
吏治逾廉幹憶我居陽羨聞君將詢按士女

各懽呼頌聲洋里閈道君數年前氷衙治氷
案輿情燭隱微風土咸習玩曩時借箸籌今
日新符換仕途杳難凴福星倏明燦竹馬迓
公車河陽花灼粲奸宄望風靡相率私逃竄
況復却酬金清白同盧奐嗣因返鄉閭芳顏
隔霞旦服闋抵歷山接滕論泉畔政績益恢
宏上游盛推讚擢遷任劇繁巨細親區段丰
采峻如山百僚羣見憚韓范媲嚴明何復晏

强悍日昨過毘陵匝月相顧看論事出神奇
直言獨侃侃即如鑄私錢巨猾勢堅騂三木
不得情伊罪殊難逭君心玉鑑懸重獄片言
判良民感矜憐莠民無歎惋以君視我輩能
無笑水偰才大治從容學深情博貫花落訟
庭閒馴鶴彈桐爨　君俸養嚴親萊衣舞皓
腕指顧薦清班身在雲霄半何以紀循良芳
銜列東漢

愛堂詩偶存卷一

愛堂詩偶存卷二

全椒吴　鉞震遠著

重九後三日程四乾齋至署陶瞻庭亦扁舟来訪與凃丈孺懷舍弟蒿川同用少陵秋興韵贈荅率成八首

[redacted]

卅年唫嘯厠雞林蟾窟徒瞻桂影森架上牙籤拋累葉案頭鐵硯負分陰資郎漫促乗時駕下吏偏擎似水心陽羨餘茶新恵洒萬家

煙火送寒砧

佳氣東南半壁斜才人自古競擒華我来深愧兒童馬秋去應乘河漢槎舊雨多情聯短袂新詩振響過長笳公餘愛看循良傳潘岳當年滿縣花

惠山秋色接春暉　翠輦重經上翠微古寺竹爐沾　鳳藻名園花徑荷　龍飛泉通曲澗波還繞雲宿深林鳥不違何日登高聯好

會流觴滿引釣鼇肥

清夜防圍重覇棋簡州弟子不聞悲慈顔何計瞻今日家訓頻年憶昔時素守兢兢懍玉潔紅塵滚滚倚車馳故人搔首催酬唱三賦緜来讓左思

廬陵遊興寫滁山勝景常留天地間名記不虗賢太守我懷猶戀舊鄉關秋深黄菊餘寒色霜冷丹楓暎醉顔親友幾回勞訊問隔江

風月擬分班

孟浩題詩已白頭長吟聲破楚天秋同袍舊切嚶鳴誼（孺懷家楚潛籥任荊溪令）把盞新澆礧磈愁歷歷斜看天畔雁飛飛戲動水中鷗洞庭風景分明好領借常州作鄂州

前驅有日著豐功天老奇材草莽中宰相出山邀化雨（謂展亭）名賢入幕習春風（謂鈐齋）鷫鸘貰酒盈尊綠鸚鵡鉤簾暎燭紅歌嘯莫羈千

里志文壇須振蜀文翁時孺懷為首唱

石門籭洞上逶迤萬疊煙霞籠月陂馬足踏

穿新闢徑鴻音響入最高枝貧憐骨肉情偏

切冷到琴書志不移第二泉清堪作鑑勳名

竹帛豈輕垂

九月二十九日孺懷生辰也避席同

鄉程壁亭金匱署中賦此寄祝

漢水廣以深湘靈之瑟鼓清陰一聲一節何

處聽渺渺如見屈原賈誼千古心楚材不自
今日始今日楚材誰繼起蕭然吴下老先生
渾是當年杜子美不必去蜀東坎坷身困窮
墨綬金章棄弗道白雲黄鶴勞夢中萬丈豪
情一天秋色身世茫茫眷懷鄉國不讀離騷
一經發悲歌不仿長沙三策深太息到處堪
作浣花溪暮年詩賦驚南北芳踪不耐事奔
走僕射交情隨地有况復宗武攜之遊往来

湖南舊親友避家更爾避生辰劉逢九月之
廿九酒一尊詩八首酌且吟君自壽君不見
惠山泉澗流湯湯喬松古柏垂蒼蒼少陵秋
興滿胸臆吴山楚水映霞觴

題碧山吟社後十老圖絶句十首并序

昔謝康樂守永嘉日携雙屐出遊
張燕公刺并州咸謂有江山助即
歐公治吾滁瑯琊豐樂醉翁諸勝

品題殆遍當其時豈無案牘之旁午而理繁治劇游刃有餘得以怡情煙霞山水間豈非賢達哉余以樗材謬蒞泉邦風塵碌碌為山靈笑其去康樂輩誠不可以道里計矣二泉之旁有艸堂曰碧山吟社有明敬脩秦公倡之扵前忠臣洞陽顧公振之於繼學士大夫龐眉

皓齒林泉俯仰詩酒盤桓遠近名流争傳盛事然此風歇絶已二百餘年撫邑乘而流連能無今昔之感乎珍山顧封君眷懷古道雅擅騷壇重新社址倡集顧大司成鄒少宗伯諸名賢為後十老會春秋佳日杖屨悠游前代風流於兹不墜復囑張生眉壽仿石田意繪圖

成卷各抒文翰余展玩之而且敬
且愛飄飄乎巾屐之繫余思矣勉
賦十載用當侑爵明年
天子蹕臨蒲輪載召社中諸先生與惠
山二泉並傳不朽余得執鞭以從
事則幸甚

慧曉山邊十老翁聯吟結社興偏同風流二
百餘年歌藜杖重分夕照紅

青翠蒼煙幾萬重摩挲老眼看高峰盛時閒
煞山中相遊倦拋書卧九龍
經笥便便重 帝邦恩榮稽古遇無雙御將
國子先生命檢點煙霞意緒厖謂顧司成
皤皤宗伯老京師扶杖歸田雙屐隨好水好
山探不盡鸞箋一幅畫中詩謂鄒少宗伯
文章太守解簪歸結伴登臨上翠微誰是潁
川誰渤海世人猶自想芳徽謂顧曾兩太守

寄暢園中捧　御書雙眉壽賜金魚閣從
詩社尋遺跡應有家藏薄板車謂秦氏兩太史
三山外史古名儒更有鄒陽老大夫社裏諸
公推最長長生丹藥煉行厨謂浦廣文鄒封君
仙令風流孰與齊西川吟續浙東西歸来載
振耆英會翠嶂珠泉入品題謂錢吴兩大尹
洞陽雲裔晉勲階星聚當年畫舫齋悟道直
通形象外着将黄帽踏青鞋謂顧封翁

两朝文獻古今才勝地千年共往来不有丹青重畫出高風誰繼白雲隈

懷舒衣岩

昔結金蘭契今聯兒女姻交深緣義合别久覺情親薊北音書滯江東夢寐頻愁聞吹折柳两地恐傷神

送許舫齋赴閩鄉試

九閩世胄衍華簪風度顒卬冠藝林雀頌昔

年成壯閣旦評終歲值南金行舟紅繞荷香細鑠院丹飄桂蕚森遥望武夷峰百尺文星璀燦紫雲深

寄題管社山楊氏園亭

管社山矗太湖中霞散湖山兩映紅名園鑿山環湖水四時花月透簾櫳我聞茲園正許久爭奈風塵逐奔走莫春舍弟呼朋遊歸来細數園中有斜開石竇護雲蹤蒼松翠竹抱

虬龍湖光山色渾不辨攀藤直上最高峰山勢紆迴更峭削荷池曲繞游魚躍半林密雨半林煙五步一樓十步閣園中主人深愛客遊畢肅客登芳宅烹泉煮酒共唱酬既醉欣肰布褥席我来此邦將期年錫山惠水兩悠然名園賢主復如許何日公餘一放船

碧山吟社同鮑明經鑣賦

陟彼九龍山山光四面碧碧山氣自佳吟社

成陳迹斷碑石蘚著古封老龍赤為我叩山
靈此事伊誰責
吟社無由復何心向碧山鳥音空上下澗水
自潺湲十老曾相會千年去不還幾回翻邑
乘搔首變蒼顏
廢舉更番見荒涼一至今陸泉通秀豚秦封
抱芳心徑接高位塚風飄長短吟古人應可
作相與鼓瑤琴

學士盛泉邦無如今日者側聞諸老成復闢
竇吟社韵事續兩朝高風追大雅我懷伊如
何携手行芳野

沛縣荆大尹蔭南聞訃奔河東賦此

寄慰兼以送别

入夏苦雨蒸炎熱我心忽忽生悽惻荆公吏
治甲江南大故忽羅悲罔極憶我乙亥客都
門與君把晤聯晨昏鳳池佳客責民社蔭南由廕

常改授

御爐身惹餘香温是年仲秋膺　簡畀我亦隨君至吳地偕行六人皆素心聚散升沉增涕泗蒞吳伊始查荒災平江歡聲動如雷我從婁江買歸棹君旌已駐弇山隈弇山人歌来何暮太史文章新展布仁明奚弗燭奸回感君之德如甘澍明年淮北水溢流遴訪良吏敷嘉猷擢公千里涉湖陸撫綏上釋聖人憂吾輩計来劉六年中間消息各

茫眛金王舒薛四賢者

謂金碭山王吳縣舒寶山薛南滙時皆去官

遭際可不謂顛連嗟我陽羨任未久先慈痛背飢驅走今茲豕乏值衝途兢兢懼難副官守羨君循吏兼大儒奏封五馬換新符傷哉靈椿倏凋謝大地欲搶天欲呼呼天搶地情難已如君光裕誰與比封公含笑返泉臺鳳誥鸞書褒濟美我聞凶問如醉癡生芻一束奠致之盈盈淚灑關河外風雨連宵助

孔悲

門人雷升入泮

年富通經史崢嶸冠一軍恂恂餘古質藹藹
發高文香韵聯丹桂傷情慰白雲騫騰看驥
足顧後總超羣

奉送東林山長金守谷先生返會稽

我愛金夫子譚經啟後賢吟飄宮井葉歸趂
曲江船白髮青尊夜微雲踈雨天何當鞅掌

客握别意茫然

九日

宦海飄蓬萬丈寬無邊愁緒强為歡秋風遠引燕公屐鎖院新彈貢禹冠（時秋榜將有消息）錫麓兩年泉味永銅瓶九日菊香寒近來似脱塵氛累檻外龍山任飽看

得衣岩書知經營葬事不日南來欣然有作

臨風正憶故人書燈下開緘思有餘渺渺江雲飛不斷層層松影覆來初好憑翁仲依佳宅莫轉金烏任索居閒說菊泉良子弟家家姓氏盡更舒衣岩向令寶山有循績以憂去官

周原溥永保兄弟同應京兆試榜未揭馳歸省侍賦此代柬

記送行舟五月天秋風酣戰一輪圓幾回握槧懷金玉特地開樽樂聖賢自古文章參造

化從今花蕚滿幽燕壯堂萱草芳如許應有
佳音賁二泉

賦得菊花須插滿頭歸 課東林士擬作

帶淂東籬一兩枝菊花翻笑鬢成絲孟嘉舊
帽風吹後杜牧新詩月上時蘭若有情聯氣
味竹應添韻到鬚眉誰云塵世難開口歸與
旁人作解頤

十四弟鏞計偕壯上程四鈴齋三弟

翯川甥朱光晉同賦送別余亦率和

破帽青衫著半生九皐空聽鶴朝鳴賢書又喜登賢弟長物還教憶長兄（弟與伯兄鋐先後俱中鄉魁）自是宗功培德厚藉將儒雅佐官清明年若與瓊林會鞅掌偷閒酌數更

冬盡送守谷先生歸會稽用杜少陵贈李十五丈別韻

娥江抱蘭渚禹穴聳山巔中有達者居岍繫

書畫船古道絶時俗優游樂歲年中丞稱素

心先生與大中丞桂林陳公為同年友白首欽其賢東林設

絳帳生徒列等肩殷勤申大義誦讀宵旦連

不惟雄談辯可以驚四筵鵞湖鹿洞後繼續

推二泉憶我先大夫曽附驥尾傳兒時侍公

側相愛復相憐風塵四十載闒茸空羈牽迴

首溴陽道涕淚淋霜天感公篤念舊望出古

人先執手親提命心境忽豁肰程子座有春

陶公琴無絃正直貫霄漢風雅耀山川前賢枕中秘至此羣昭宣父執更師表解我心旌懸令子世交好桂折秋月圓（郎君尚清登庚辰鄉榜）弟鏞叨同舉各自著新篇公歸樂未央尚望公早旋

喜金沙段玉裁登科来謁

樗材筮仕始金沙正值文衡蒞使車路接洞天多吉士學通仙籍數君家舊游氣味聯芳

草新刃光芒折桂花七寶床頭虛席久春來靈鵲聽雙譁

正月望後因公三憩管社山韓金匱湘岩及鄉先生先後適至讌集山房

和鄒小山少宗伯題畫原韻

周流貫六虛趣溢形象外崒嵂擷精英波濤吸沆瀣此意誰能言三年夢管社管社何巑岏神工闢靈怪中峙洞迤湖噴瀉谷簾派磴

道轉蠶叢一覽山川隘細流響潺湲千頃淙
砰湃槳蕩去来潮沙石静陶汰一官滄海粟
乞償行脚債山水笑勞人日月已云邁賢哉
韓荆州雙眸空兩戒先後偕登臨花鳥争倚
賴磅礴竈青衫臨風寛博帶歸田白髮翁扶
筇發春噫更有詞翰臣詩洒共欣快我獨懷
遠思桑麻關係大四野喜青青二麥茁經界
毋渴沛甘霖秋成如拾芥諸公將進酒我學

米顛拜園亭繞薜蘿有基常勿壞山居無析
聲漁燈報良夜長吟和辟閭明月湖山挂

仲春謁　至德廟喜晤讓鄉楊丈出
示近詩歸船披閱和咏史十一首

春秋紀異曾紀蛇内蛇外蛇當門遮周衰秦
并蛇影電應有長蛇兆攻戰項梁陳勝競號
咷劉季仗劍心胆豪吕公善相后占氣遂爾
猛力除抑騷澤中白蛇斬斷腰斬蛇不異殺

犬豕澤中之人自行止胡為白帝子化蛇恰
逢赤帝子斬死此言荒誕殊不經應是六國
遺黎造語横鷩二世子大風歌手擊筑故鄉
風景還盈目但聞父老暢飲牛酒歡不聞湯
沐邑邊蛇母哭原題豐西澤中斬蛇歌
約法關中奉漢王贊扶逐鹿數蕭張算来項
伯功還大成就停軍議發喪
義旗東指轉污隆幾使成臯甑太公割地息

兵方見面可憐父子久飄蓬

囊沙背水守兼攻冐矢衝鋒百戰中一自僞遊雲夢後不如雍齒尚封功

四皓趨前原有意後宮人彘豈無因若非平勃安天下劉氏庭皆呂氏人 讀漢書高帝紀

賑窮養老重儒生却貢求言帝業成況復罰金寬重獄釋之廷尉早稱平

鄧吳專寵勢相因更信垣平僞亂眞説是無

私還有累任官原自貴知人文帝紀

政比成康重史編猜疑任數愧前賢世臣縱不加欽卹七國全誅亦可憐景帝紀

旌旗蔽日未全降何事金錢擲大荒空老白頭蘇屬國助邊卜式早稱郎

巫蠱傷情无妄災登臺追悔破疑猜誰人再奏芝房曲喚出神仙捧藥來武帝紀

負扆圖畫原非偶博陸貞懷感悟神誰與宮

廷辨忠佞天資本自異常人（昭帝紀）

題楊丈詩卷後

春風一葉拜先祠寄隱高人話寤思旅眼獨評前漢史撚鬚新咏盛唐詩藥苗肥處分嘉味梅蕋開時供好枝何事更尋林處士空山白雪沁心脾

二月七日余以春日登九龍山望太湖題課士越旬餘將赴毘陵蔣鶴親

刺史携詩見贈即依所限韻也遣金

公守谷王君圖南偕至雨窓小集酒

散登舟賦此寄荅

九峯二泉歷幾春此邦肯轂氣象新農無曠

業士閑户山中杖履半封君皓齒龐眉嬉化

日居士誰人號六一國子先生有嗣音黔西

刺史世罕匹（鶴親即湘帆先生長公向為黔西牧）九峯高處拾

級登二泉清瀏潄芳情結廬人境養雏鳳荀

家兄弟數慈明鶴親八子仲兒同元尤穎慧鄰架牙籖十存九課兒初暇酌春洒安石風流彭澤居慷慨何曾憶五斗日昨風雨見猶龍蔚肰豹變煙霧從座有山陰金夫子春風時雨並元工兩年教澤溥歷山森森桃李扁舟還賓主罣論破塵俗翩然来者王輞川輞川素繫萬夫望說禮敦詩崇所尚兩公子弟玉對姿薰陶器業應難量鶴親子開元同元圖南姪寬宁皆肄業東林讀書有大志文

章藻續去甚太沙中揀金須百汰家傳師傳得真詮鯫生管窺慙淺隘九龍山繞古太湖欲倩湖光照故吾長征已負三春約訂期踈雨滴秋梧

龍城訪故人不遇

杏花春雨江南路檀板金尊舊友家誰謂天台難再到空勞雞犬作喧譁

三至詩 有引

丙子秋九月余自金沙奉調陽羨至之日　老母在堂晨夕侍奉雖非毛義得毋捧檄色喜乎不幸是冬罹大故越明年扶櫬旋里窘乏萬狀竟不能挈家口歸葬畢再至追維先澤涕泗交橫營情屢空蕪所不免已卯秋初服闋借攝錫篆九峯二泉之間亦足以怡我素抱

肰陽羨山川習處三年幾同故土
夢寐猶或憶之茲因公三至其地
乘舴艋聽款乃聲不覺感極而悲
爰賦三至詩以寄意時辛巳二月
十八日也

金沙號仙區陽羨亦仙籍數月相轉移至時
秋露白不聞採茶聲楓染茶山赤我愧杜母
賢入户侍母席母喜多獎勵母怒多譴責思

寬老母憂告母勤　王役春來　王輅臨奔
走接朝夕督工迎龍橋　龍顏近咫尺黽勉
報　君恩上游勤指畫往來東西汝匆匆忘
水石誰知風塵中忽痛慈顏隔為問昔視今
還如今視昔
哭辭陽羨山風雨歷閭閻母櫬依孤舟妻孥
不俱還母櫬波濤險妻孥薪米艱居行兩無
謀壯盛鬢髮須踉蹌卜宅穸風木悲覩顏墓

門弗克廬喪禮将蕩閑官途成覊旅再至淚
潸潸山容淡無色汶水空潺湲王裒儗不倫
蓼莪詩未删
指旌向陽羨層巒静當面山如我故人故人
久不見但能知我心莫謂情中變六年三至
止光陰疾飛箭岍草自青青舊舘巢新燕河
橋柳低垂絲絲若牽戀我從錫山来小艇趁
風便身比柳縧輕起眠同柳倦壺烹陽羨茶

墨濡陽羡硯一酌一抽毫回首神思銜彈淚
不知紅濺水隨花片

喜晤路孝廉聖與

九月園収栗殷勤惠故人（去冬蒙惠嘉栗）袖来滋况
味餤去滁風塵豈重山間物常留座上春相
逢無别語珍重硯苗新

訪路學宏

百鷙寧齊鶡秋霄未刷翎空依流水綠對照

舊衫青盡裏餘詩意窗前續硯銘到門聞剝啄林木自丁丁

封公紀碩亭寅伯枉顧寓舘兼惠遊什時赴髙峩峯署會訊公件不值歸来展讀依湟中竹枝詞原韻恭賦十首呈謝

寓廬扃閉未曾開赤舄誰知步緑莎恍似雷霆生戰慄風塵下吏乍歸来

封公迎養喜加餐仙露如珠滴玉盤萬石君
家能似此鳳啣花誥倚雲看
傳經心事不曾違舉案齊看戲綵衣江左楚
南騰錦翩春風二月鳳雙飛公與夫人皆年登大耋其長君向守雲中回獲遍覽人物山川之舊寄之歌咏今觀察楚南不耐涉險洞庭故雪川同寅迎養来吳
鼠鬚蠶繭総相宜前有羲之後獻之著作名
山傳奕禩等閑時就練裙揮

蜀山瑞靄漬春衣社燕翩翻又入闈回首湟
中舊風景杏花深處柳花飛
逍遥杖履碧雲開百里仁風拂面来陽羨山
邊春色好時將屐齒印青苔
汶水東西繞一灣幾回臨水復登山携將茶
竈呼朋去對隱斜陽尚未還
浩落襟期放眼空浮名自昔任窮通長安風
月知多少盡在琴聲鳥語中

咏物詩成酒甕開庭前蘭桂倚雲栽須知不
盡人間樂都向封公座上来

白雪詞傳金石聲幽燕老將本書生門前鳳
字應題去珍重瑤章發性情

贈舊居停徐生煥若

三載依賢主徐陵不可忘碧闌餘草色畫閣
聚春光語有傷情處身如雜劇場料應懸榻
久拚醉共相羊

晤程謚齋廣文却贈

儒者為官官亦儒每憐苜蓿未充廚三年被議氈逾冷八口離家食待逋幸沐天恩全解釋可能清俸尚沾濡知君洛水源流遠巡狩應看襲紫紆

法藏寺贈省上人

曲徑禪扉扃春明訪老僧衲浮岩宿霧屐印澗餘氷說法原非法無憑似可凴幾年塵路

杳夢到亦何曾

奉贈朱浯村太史

楊柳春風鼓棹来平津高閣峻蓬萊著書歲月多於髮築圃雲煙暴似腮先世宰叨金篆庇（先君作宰北平赴官時嘗給篆結）後昆名綴榜花開（舍弟叨同詰嗣庚辰鄉榜）梁鴻溪畔空匏繫葑菲還期碧露栽

與蔣桂岩話舊

曾記園中醉碧莎桂枝香處引狂歌高風省

覺西神減（九龍山一名西神）舊雨常懷陽羨多（時陳璠耀孫貽穀皆在座）物外閒情惟放鶴就中妙手欲籠鵞年来聞得長生訣不入詩魔便洒魔

周于京招同任念齋太史韓湘岩大尹華蕢圃中翰飛翮司馬煥若文學鄧濟美學博顧海門家蒙泉兩明府宴集桃花下余以抱痾遲至早歸賦此志謝

春色將闌興未闌病中猶放酒盃寬蓮花溪
畔桃花笑幾度臨風拭目看
改柯抱葉倚春風翠重煙深白暎紅白似凝
霜紅似錦劉郎渡口碧紗籠
幾回欲覔天台路此日新從玉洞遊座上諸
公皆俊秀吟殘紅雨玉搔頭
不携斗酒袖雙柑鶯語聲聲燕語喃上巳繞
過春未老桃源重醉碧雲酣

題王鏡岩讀書秋尌根圖

一片秋光逼樹來吟聲樹色兩徘徊少陵不料千年後又見王生結襪回

書扇贈蔣郎 即同元

國子先生後於今見蔣郎尋常行禮數十五擅文章望汝青雲去看翁白髮長遺經充棟宇曾否製螢囊

贈家閬夫

水木千年共君推倜儻姿藏書吟鄴架雅興寄曾碑豹隱原依霧鸞棲欲揀枝榴花紅似火相與問行期

送辟亭赴都引見

夏雨生涼氣清風滿客船常依真面目又隔遠江天覇有重臨日恂應一偺年布帆遮不住杜若趁朝煙

積雨小霽書所見

五月行將破兼旬時雨多翠鈿披徑竹珠蚌出盆荷泥滑徧宜燕池深欲養鵝城頭看小霽刈麥有農歌

病中邀諸生會文偶成一律

胃病昨宵發匡床積思紛諸公欣接席此地可論文雨後山泉瀏庭前草木芬行厨還煮湮髙唱撥愁雲

閶衣岩奉　簡越中志喜

吳下看花紅欲然，舒卿風采似當年。遥知一片蒼生雨，飛向錢唐萬里船。

讀念齋太史南屏集賦呈四首

廿載瀛洲客，青山憩碧雲。玉堂縈舊夢，粟里賞奇文。倒峽詞源水，衝鋒筆陣軍。賜來緗帙富，清趣落紛紛。

吾家詩老在（謂蒙泉），仙籍昔同登。解綬辭青瑣，攜尊醉紫藤。巴巫雲可望，燕趙夢還縈

世崇文苑標泉有右丞
吳下簪纓第山中宰相家吟殘千嶺雪浣盡
一溪花有頗依　金闕多情補玉華　和鑾
重至止珥筆爍煙霞
下吏何知識躭吟敢上堂常聞憐瓦缶閨侍
亂縹緗牛渚生金碧龍山繞翠蒼從金玉韻
減蠟屐隊奚囊

附任太史和章

雅度如搴芷才華擅夢雲憶從相見日幾
淂共論文書卷盈千軸詞鋒掃萬軍風
丹嶺上蟻蛭縱紛紛
暇日垂竿侶龍門取次登松亭新覆夜臺
辟舊懸藤車騎名流集觥籌逸興增獨慚
觚槧敝帚敢擬晁丞
詎意安仁縣還如處士家放衙常對竹倚
檻臥看花綠綺彈流水紅蠡醉物華闘心

更葯寄九點隔城霞

瀨上思歸客溪邊孤草堂世途欺白髮人

事薄青緗愛我情何摯吟君詩更著明朝

寄泉印應見綵為囊

（清）吴鉞 輯

惠山聽松庵竹爐圖詠四卷

清乾隆二十七年（1762）刻本

惠山聽松庵竹鑪圖詠

聽松菴竹鑪圖

駐蹕惠山詩 乾隆辛未

惠山寺

寄暢園中眺翠螺入雲撫樹濕多羅了知到處佛無住信是名山僧占多暗竇明亭相掩暎天花澗草自婆娑闍黎公案休拈舊十六春秋一刹那

乾隆辛未春惠山寺作御筆

二泉亭

石甃淙雲乳何從問来脉摩挲幾千載蕩滌
含光澤澄澈不受塵豈襍溪毛碧鴻漸真識
味高風緬疇昔

乾隆辛未春御題

寄暢園

輕棹沿尋曲水灣秦園寄暢暫偷閒無多臺
榭喬柯古不盡煙霞飛瀑潺近族九人年六
百耆英高會勝香山松風水月垂

宸藻𥫗日卷阿想像間

乾隆辛未仲春寄暢園題御筆

賜秦孝然

雨餘山翠滴春暮卉爭芳搴薜盤雲逕披松踱石梁鳴湍空塵意列岫潑煙光更許傳佳話遮留詩債償

秦孝然年九十乞詩輒書是以賜之御筆

黃埠墩

兩水迴環抱一洲不通車馬只通舟到來俯
視原無地攀陟遥吟各有樓含雨濕雲偏似
重隔湖煙嶼望如浮惠山翠色迎眉睫慢憲
霑衣作勝遊

駐蹕惠山詩 乾隆丁丑

惠山寺

九隴重尋惠山寺梁溪遐憶大同年可知色

相非常住惟有林泉鎮自然所喜青春方入
畫底勞白足試參禪聽松庵靜竹爐潔便與
烹雲池吸圓
乾隆丁丑春二月御筆

漪瀾堂

一泓清照鏡光新耐可含風漾細綸印滿半
輪千古月入龍鳳影數竿筠題名乍爾懷蘇
軾肄業還應憶李紳笑我匆匆乘騎去豈云

瀟洒箇中人

乾隆丁丑暮春御筆

若氷洞

向余捫石欄遥企雲中脉今来探乳穴牝湫
注靈澤春繪萬物昌月印千秋碧淂源趣益
佳擒藻聊補昔

乾隆丁丑春御筆

寄暢園題若氷洞

冰洞不可測發源惠麓東精藍據左側德水
揚宗風鑿爲方圓池雖二實相通方劣圓者
甘其理殊難窮池上漪瀾堂舊蹟傳坡翁境
屯心則泰高風想像中

丁丑春二月御筆

寄暢園叠舊作韻

雙河舟溯慧溪灣雅愛秦園林壑閒月鏡光
涵窓潋潋雲紳聲落澗潺潺清幽已擅毘陵

境規寫曾教萬壽山一沿一亭皆曲肖古柯
終覺勝其間
寄暢園疊舊作韵
乾隆丁丑春二月御筆
寄暢園介如峯
一峯卓立殊昂藏恰有古檜森其旁視之頗
具丈夫氣誰與號以巾幗行設云妙喻方子
美徒觀更匪脩竹倚亭亭戍削則不無姍姍
閣易非所擬率與易名曰介如長言不足因

成圖正言辨物得竭攬惠麓梁溪永靜娛

寄暢園中一峯介然獨立舊名美人石以其弗稱因易之曰介如峯而系以詩且為之圖即書其上丁丑二月御筆

駐蹕惠山詩乾隆壬午

第二泉

惠泉惠麓東氷洞噴乳竇江南稱第二盛名實能副流為方圓池一例石欄甃圓甘而方

劣此理殊難究對泉三間屋樸斵稱雅搆竹爐就近烹空諸六根囿想像肥遯人流枕而石漱乃宜此巖阿寧知外物誘亭臺今頗多綴景如錯繡信美樂不存去去庶績懋

壬午仲春月中澣御題

二泉亭

一脉流来疏两池圓甘方劣志傳奇人情圓喜方斯惡泉自淙淙自不知

壬午仲春戲題御筆

漪瀾堂

四圍清泚繞書堂檐梠光飜漾鏡光乍可觀
瀾知有術因之點筆遂成章春陰瓊島雖數
典氷洞松菴詎易方緬溯東坡題額意崇情
泉石託偏長

壬午春日御題

若氷洞

石類方圓引側注攀躋更上小雲巒討源直到真源處氷洞飜花萬古寒

壬午春日御題

寄暢園

畫舫權教艤玉灣秦園寄暢暫偷閒徑從古對隂中度泉向奇峯罅處潺隨喜禪心依佛寺已看芳意動春山過墻便是青蓮宇可得敲吟忘此閒

壬午仲春寄暢園再疊舊韻御筆

泛梁溪遊寄暢園

溪泛梁鴻破曉氛秦園蹟勝久名聞愛他書史傳家學況有煙霞護

聖文瀟洒聊尋三徑曲就瞻那禁萬民紛問予寄暢緣何事情以為田此所勤

壬午仲春泛梁溪遊寄暢園即自得句御筆

雨中遊惠山寄暢園

春雨雨人意惠山山色佳輕舟溯源進別墅
與清皆古木濕全體時花香到荄問予安寄
暢觀麥實欣懷

雨中遊惠山寄暢園壬午暮春中澣御筆

恭和

御製第二泉原韻

山泉何自来涓滴伏岩竇衆水遜香洌

中泠此其副萬斛[氵恣]井井汲綆畱石甃

水旱無盈虧齋瀹孰探究翼翼漪瀾堂

老坡小結構舊貫聊爾仍嵐光悉可囿

西南有氷洞噴瀑自激漱步武稍崇岡

崖徑若勸誘山靈鮮覲

光雲霞媚綺繡峩峩石壁立莫罄功德懋

知州借補無錫縣知縣臣吳鉞

恭和

御題登惠山寺作元韻并序

乾隆十六年春

皇上巡幸三吳偶憩惠泉臣僧成瑩跪迎

聖駕

天語垂詢臣僧宗門支派臣僧田奏雍正十

三年曾奉

世宗憲皇帝恩旨與名覺生寺參禪瞻仰

佛天敷揚義諦
皇上霽顏嘉歎
御題登惠山寺詩
親紀臣僧忝禪舊事於竹爐圖卷臣僧枯朽
之質何能窺測傳燈乃荷
睿藻留連光垂草木臣僧何幸獲此
隆遇敬依
御韻勉和兩章用誌慶忭之忱云爾

氷洞連蜷結石螺六時課誦但波羅欣
逢問俗
鸞斿至重憶傳衣鷲嶺多七寶光中瞻日月
四天下際舞婆娑品泉瀹茗留
高詠寶樹圖成拔汗那
淨域當年振法螺大千穩住爍迦羅一
辟
北極天光遠但愛南中佛寺多

翠葦鄉雲歌縵縵紫衣春晝影娑娑拈花莫
印如来偈愧學聲聞等跋那
惠山寺臣僧成瑩

第一圖

九龍山人王紱爲
真性海上人製

御題竹爐圖詠

纔酌中泠第一泉惠山聊復事烹煎品題頓置伭甦昔歌詠羶薌亦賴前開士幽居如虎跑舍人文筆擬龍眠裝池更喜商邱犖法寶僧庵慎弆全

囲囲山下出名泉火候筠爐文武煎成佛湯嗤靈運後題詩多過玉川前試携學士来明汲髙謝山僧守晏眠我願靈源常勿幕飲教

病渴盡安全

乾隆御題用卷中原韻

惠山泉名重天下而聽松庵竹爐為明初高僧性海所製一時名流傳詠甚盛中間失去好事者倣為之已而復淂其倣其復胥見諸題詠聯為横卷者四我朝巡撫宋犖為之裝池識以官印俾寺僧世藏之自是而竹爐與第二泉並千古矣乾隆辛未春二月南巡過

錫山念惠泉為東南名勝
皇祖聖祖仁皇帝數臨其地有品泉二字
賜額爰命舟瞻仰坐山房煨爐酌泉啜茗小
憩並用前人原韻成二律題王紱畫卷仍歸
寺僧永垂世寶而紀其緣起如此
布惠行時擬漏泉未蘇元氣我心煎老扶幼
挈雖如昔室飽家溫究遜前長吏勗哉其善
體山僧饒爾鎮高眠閒庵小試筠爐火消渴

安能滓祓全
第一吾曾品玉泉箋編咼每就泉煎到斯那
淂忘數典於此何妨偶討前從諗茶存誰解
喫宗蒼圖補竟長眠了知一切有為法泡影
空花若久全
丁丑南巡疊前韻再題御筆
三試惠山陸子泉吾知味以未曾煎不妨煮
鼎欣因暇那便吟詩罷和前麗日和風方蕩

漾輕薆嫩草已芊眠吴中春色真佳矣可得
吴民温飽全
依然氷洞下流泉誰解三篇如法煎爐篆裊
飛祇對杪餅笙響答磬房前范陽見説風生
腋彭澤那關醉欲眠我自心殷飢溺者讓他
清福享教全
壬午仲春南巡再疊舊韻題卷中御筆
為仰

奎章重品泉汲泉来就竹爐煎輕濤正發龍團

細活火曾聽蟹眼前瘦竹淨依苔磴合

古梅横髽石根眠不教更讓中泠水風

雅中含至味全

兹山空腹乳流泉瓦銚筠爐試一煎雅

製尚傳洪武日上供不數政和前松成

鱗甲如龍攫花稽坡陀任鶴眠

聖蹟長垂

宸藻繼千秋勝賞一時全

臣汪由敦恭和

陸羽曾評第二泉竹爐鬻取雪芽煎畫

圖自得南宗正詩律分參北宋前煮月

歸瓶常共飲聽松入夢不成眠一從

睿藻親題後元氣包含四序全

名山駐

蹕試名泉活水相宜活火煎瑹惜罷存開士

奩紛披卷置

聖人前浮浮雲透青簾入謖謖濤驚白鶴眠

天語欲蘇天下渴一言道味自天全

臣沈德潛恭和

半生契濶惠林泉猶記山齋手自煎數

片清風生腋下一旗春雨鬭花前宸憐

月色聞宵曲不用碁聲醒晝眠四百年

来奩圖畫錦囊什襲尚完全

竹裏琴聲聽石泉石泉宜稱竹爐煎清
詩舊賞名昇下活火新烹到
御前鐺響若來山雨驟煙霏欲共白雲眠何
須採藥勤丹竈體製乾坤識性全
臣鄒一桂恭和
敬觀
御題竹爐圖詠恭和
法乳涓涓逗石泉泉邊清供取茶煎香

通
御氣鑾旂外味在吳中虎阜前古德竹爐存
十笏春熙人柳恰三眠乘時行令留題
處惠被蒼生樂利全
知州借補無錫縣知縣臣吳鉞
敬觀
御題竹爐圖詠恭和
愷澤同春湧法泉

時巡重汲石泉煎久依江眼名天下正摘茶
星在雨前霞護好山紅爛熳風披偃草
綠芊眠竹爐補畫留餘事亦使祇林本
行全

金匱縣知縣臣韓錫胙

竹爐圖詠元集

已亥之春予過無錫遊惠山入聽松庵觀竹鑪酌第二泉煮茶嘗賦詩紀其事今刑部侍郎盛公無錫人也謂爐出於王舍人孟端制古而雅乃倣而為之且自銘其上其姪虞字舜臣者性尤好古来省其伯父不遠數千里携以與俱予獲觀焉因取前詩次韻賞之

聽松庵裡試名泉舊物曾將活火煎載
讀銘文何更古偶觀規制宛如前細筠
信爾呈工巧暗浪從渠攪醉眠絕勝田
家盛酒具百年長共子孫全

附錄前詩

與客來嘗第二泉山僧休怪急相煎結
庵正在松風裡畏茗還從穀雨前玉盌
酒香揮且去石床苔厚醒猶眠席間重

對筠爐火古杓爭看更瓦全

彝臣以余嘗愛賞既歸江南特製其一

見贈規制益精輒復次韻爲謝

曉汲荒園冷澹泉入厨不付爨奴煎重

編細竹形如許小試新茶味莫前製出

秋亭彝臣號承雅意詩聯寒榻罷高眠更

聞瓦杓兼精妙乞與齋居欲兩全

長洲吴寬録

惠山聽松庵有王舍人孟端竹茶爐既
亡而復得秦太守廷韶嘗求余詩後余
過惠山庵僧曰出此爐吟賞竟日葢十
年餘矣觀吴同寅原博及盛舜臣倡和
卷慨然興懷輒繼聲其後得二章云
新茶曾試惠山泉拂拭筠爐手自煎擬
置水符千里外忽驚詩案十年前野僧
暫挽孤帆住詞客遥分半榻眠回首舊

遊如昨日山中清樂羨君全
細結湘雲煮石泉虛心寧復畏相煎巧
形自出今人上清供曾當古佛前可配
瓦盆篘玉注絶勝金鼎護砂眠長安詩
社如相續淂似軒轅句渾全

新安程敏政

宿火長温甕有泉不妨寒夜客来煎名
佳合附茶經後制古元居竹譜前司馬

酒鑪須却避玉川吟榻稱幽眠金爐寶
鼎多銷歇眼底憐渠獨久全
錢唐倪岳
吾鄉王友石先生詩畫珎於朝野甞居
惠山聽松庵與僧真性海製竹爐煮茶
倡詩傳誦迄今吾姪虞奇其製而倣為
之請予銘其上成化癸外来省京邸出
爐煮茗清我塵思適吴匏菴先生見而

賦詩示及余遂續貂三首虞亦續之併書以紀勝云

唐相何勞遞惠泉携来隨處可茶煎三湘漫捲瓷餅裏一竅初分太極前吟苦詩瓢和月飲夢醒書榻帶雲眠何當再讀盧仙賦千古清風道味全

一片龍團一勺泉石分新火趂爐煎綠雲擘破先春後玉杵敲殘午夜前仙液

嘗来欲飛越寒濤聽處不成眠這回喚
醒閒風月可卜歸田樂事全
我愛鄉山入品泉持歸禪榻和雲煎湘
皐捲雪来窓外蒙頂驚雷落檻前澆破
詩愁初淂句洗清塵思竟忘眠人間肉
食紛如兩争識吾家此味全
氷壑道人題
茗碗清風竹下泉汲泉仍付竹爐煎夜

瓶春瓮輕煙裏嶰谷荊溪舊榻前穀雨
未乾湘女泣火珠深擁籜龍眠盧仝故
業王猷宅憑仗山人為保全

餘姚謝遷

竹為清物取而為鑪爐惟汲惠泉煮茗
所謂太清而不俗也況昉自王舍人清
士置之聽松庵處之又淂至清之地舜
臣倣其製為二一獻其諸父氷壑翁一

以奉匏庵先生海月菴中此見犨臣志趣不凡又能處是物得地而匏菴題之又題諸名公和之又和洋洋乎使士林喜聞而樂觀之其名遂顯豈止聽松菴而已哉蓋將變士風去豪奢就清素使知名教中自有樂事又豈但竹爐視之而已哉敬題卷尾歸犨臣藏之併錄次韵二首於後

惠山人愛惠山泉截竹為爐瀹茗煎老
阮高懷仍李後阿咸巧思在王前秋風
亭上心偏苦海月庵中喜不眠我亦頗
知滋味者舫齋須此趣方全
幾年林下煮名泉携向詞垣試一煎古
朴肯容銅鼎竝雅宜應置筆牀前席間
有物供吟料橋上無人復醉眠海月菴前有醉
眠橋頓使士林傳盛事儒家風味此中全

陳湖陳璹識

題秋亭篆史新製竹爐詩卷後并奉懷其二父氷壑都憲先生及雪溪居士用匏菴韵

秋懷亭上澹於泉不受塵凡刼火煎家學想從良冶後幻身疑出永師前爐出國初惠山詩僧真性海所製王舍人葦但賦咏之耳今或以為舍人手物盖誤也

寒氷絶壑真難仰白雪深溪任醉眠莫

羨蓬萊是仙處一家清節幾人全都憲謝事歸有司題其里曰全節坊

弘治庚戌春二月既望郡人碣東陸簡廉伯書於都城寓邸之物華軒

竹爐新詠引

無錫盛舜臣氏竒而好古慕其鄉聞人倪雲林所爲畫輙效之攻其秋亭圖一幅遂以自標則其他可知也用是予遊

錫獨與之契最深見其所製竹茶爐而愛之因諗曰是必有如端友齋為學士大夫所奇賞者舜臣并呈是卷皆極一時有聲於詩家者所作也大要奇古為詩家共癖爐為火床昔之煮茶者嘗以竹稱而不得其遺規若舜臣者亦慕其鄉聞人王中舍所製倣之而攻其技者也中舍以詩畫名一時而舜臣繼之與

則夫諸詩家之作豈爲無從也哉嵇鍜
阮屐昌攸取義而彼遼之而世傳之存
乎其人焉耳矧錫以泉顯緣茶淂第近
古佳士惟茶是珍而竹之取重於世宜
無古今賢否之閒者也夫人珎是物與
味必重其所藉而餙之者則夫韋臣之
製是以曁諸詩家之作又豈爲無從也
哉予竒而好古與諸詩家共癖而又不

能詩也嘗其爐所煮讀諸作不能無槩
於衷乃為之引若詩之所自起倡於吾
院長匏菴吳吏侍公而和於其伯父冰
壑都憲公次第可攷無俟予言而舜臣
所以見重於大方家者亦不為無從也
弘治丁巳歲長至日翰林脩撰華亭錢
福試焦葉研

明洪武朝高僧性海住惠山之聽松菴

常命工編竹為茶爐體製精雅王學士
達善朱少卿逢吉王舍人孟端各有詩
文紀其事而舍人復為之圖洵佳話也
永樂中性海示寂爐亦淪失其徒韶石
復以道行繼師席藏弆諸公翰墨惟謹
成化中邑人秦太守廷韶撰訪爐疏付
韶石弟子戒宏於城中楊氏求淂之仍
貯庵内一時以詩文賛美者甚夥邑人

盛舜臣復倣製二爐携至京師一獻其伯氷壑侍郎一奉吴匏菴宗伯題詠益富卷軸比牛腰矣　國初有竊舍人圖及李文正篆書題字鬻輦下者旋爲邑人顧舍人梁汾購得曾出以示余康熙壬申秋余移節吴閶道經泉上取竹爐煮茗慨然念高僧徃哲之風流從寺僧収拾斷紙殘墨並求梁汾所藏王李遺

跡裝池為四卷付寺僧永寶之計文十
三篇詩九十二首名賢高逸見卷中者
六十有七人麗官如余得附姓名以不
朽亦何幸也丁丑六月七日滄浪寓公
商邱宋犖題
為愛清流訪惠泉聽松菴裡竹爐煎無
多澄水源從遠且喜名僧製自前陸羽
當年留勝賞盧仝此日鮮高眠畫圖重

見延津合應有山靈守護全
雍正戊申中秋後十有二日舟次晉陵
登惠山之東峰憩聽松蘭若見所製竹
爐極奇古把玩移時住僧復出王舍人
畫圖相示前輩名賢題詠甚夥余不揣
固陋聊步韵以誌美云耳
漢陽張坦麟題

第二圖

履齋寫

御題竹爐圖詠

寄暢園中眺翠螺入雲撫對濕多羅了知到處佛無住信是名山僧占多暗竇明亭相掩暎天花澗草自婆娑闍黎公案重拈舊十六春秋一剎那

春日登惠山寺作寺僧有雍正十三年在覺生寺叅禪者因併紀之書竹爐第二卷中留茲山佳話乾隆辛未春二月御題

峯峯晴色濯新螺紺宇珠宮借巘羅希有秘
琭永寶四率成佳話實堪多春泉石鏄淙聲
細新竹風前弄影娑文字禪雖非本分要回
淨業悅陀那

丁丑重登惠山寺疊前韻并書

鹿宛虔瞻佛髻螺裝嚴七寶寶駢羅若於本
分云相應祗是無言已覺多水去梁溪惟澹
澹艸生祇窟鎮娑娑松菴偶試禪家茗湯擬

周王詠有那
壬午仲春惠山寺疊舊作韻畫卷中無可
續題處因書引首前 御筆
一徑沿緣上碧螺濕雲彌谷布兜羅恰
乘雨勢新泉壯善助山容老對多長史
樓臺成寂靜耆英林壑樂婆娑亭前歷
歷
宸遊處長仰

天光頌有那

臣汪由敦恭和

坌入齋堂九疊螺此間曾雨曼陀羅已知淨域與塵遠况是名泉供客多茶具挈瓶常保守詩篇束笋湯摩娑楚之弓楚淂傳佳話四百年華等刹那

臣沈德潛恭和

敬觀

御題春日登惠山寺作恭和

選勝何須振法螺花香一似雨陀羅相
傳佛寺南中遍聊試名泉吴地多月鏡
風琹憑點綴藤鳩竹馬共婆娑
九重未舉時巡典秋穫春耕我則那

知州借補無錫縣知縣臣吴鉞

竹爐圖詠亭集

竹爐記

性海禪師卓錫於惠山之陽山之泉甘美聞天下日汲泉試茗以自怡有竹工進曰師嗜茗飲請以竹爲茗具可乎實爐云鑪形不可狀圓方下上法坤乾之覆載也周實以土火炎弗燬爛虹光之貫穴也織紋外飾蒼然玉潤鋪湘雲而

翦淇水也視其中空無所有冶錢如柵
者橫其半勺清泠於罷拾墮樵而烹之
松風細鳴儼與竹君晤語信奇玩也禪
師走書東吴介予友石菴師以記請夫
物之難齊甚矣尊罍以酒鼎鼐以烹此
葢適於國家之用尤可貴者若斵鼎以
石製爐以竹亦奚足稱豔於詩人之口
哉雖然尊罍鼎鼐世移物古見者有感

慨無窮之悲竹爐石鼎品髙質素玩者
有清絶無窮之趣貴賤弗論也且竹無
地無之淩霜傲雪延湯於荒蹊空谷之
間不奔伐而為筥箕筐篚之屬過者弗
睨也今工製為爐焉汲泉試茗為髙人
逸士之供置之几格播諸詩詠比貴重
於尊罍鼎彝無足怪矣初禪師未學也
材豈異於人人及脩持刻勵道隆德峻

迴出塵表為江左禪林之選亦竹鑪之
謂也是為記歲乙亥秋仲既望日

織翠環壚代瓦陶香烹山茗或溪毛鶴
啼湘浦聽春雨龍起鼎湖翻夜濤文武
火然心轉勁炎涼時異節還高松根有
客聯詩就掃葉歸燒莫憚勞

僕以省畊過惠山訪韶石禪師於松
軒師出此卷求題遂口占五十六字

識者勿誚嫫母乃所幸云

芝山老樵朱逢吉謹題

誰把篔簹細翦裁織成茶具亦幽哉火然初訝溪煙合湯沸忽疑湘雨来料得虛心寧戀土從教勁節久存灰賓筵托此供清玩不羨豪門白玉罍

牧雲子悳瑀

竹罏清詠序

夫物不自貴因人而貴名不自彰曰志
而彰遠公裁蓮此細事也而蓮社之名
遂傳於永代詎非遠公之道足以動後
世蒼生之念耶支遁好鶴細玩也而鶴
舟之名遂著於無窮詎非支遁之德足
以歆後世黎獻之心耶使遠公為常人
則種蓮而已尓何能動於人哉使支遁
為庸士則好鶴而已尓何能感於人哉

然則物不自貴因美而貴名不自彰因
志而彰信矣性海禪師結廬二泉之上
清淨自怡澹泊自艾裁凌秋之硐竹製
煮雪之茶爐遠追桑苧之風近葺香山
之社因事顯理必欲續慧命以傳鐙託
物寓真無非引羣賢而入道清風一榻
掃開萬劫之塵埃紫笋三甌滌盡平生
之肺腑論其事業誠不讓於遠公勘彼

規模實無慚於支遁名於永世其勢灼
然道播諸方此心廣矣不然何諸公入
詠而成章獲一時趍風而向德故為短
引式弁群言

里友耐軒王達合十

竹鑪絶勝煮茶鐺新剪淇園玉一莖團
鳳乍驚風籟起籜龍應喜浪花生潤分
翠色和煙織香擲金芽貯火烹留向禪

房清作供梅梢吟轉月三更

謝常

不教周鼎與齊名別翦湘筠細織成冶氏詎能知款識山人端要事煎烹白灰撥火虹光見青玉鐫紋翠浪縈寒夜儻逢佳客至定應聯句壓彌明

釋坦菴守道

僧館高閑事事幽竹編茶具淪清流氣

蒸陽羨三春雨聲帶湘江兩岸秋玉臼
夜敲蒼雪冷翠甌晴引碧雲稠禪翁託
此重開社若箇知心是趙州

王芾

老衲耽清事裁筠製茗爐鳳團千古潔
兎魄一輪孤春磵分苕色秋濤落座隅
烹煎成雅會歷歷寫成圖

萍闇 廣益

湘竹編成勝冶成紫芝詩裏見佳名炭
明尚訝篩金影湯沸還疑戛玉聲澗底
屢烹塵可敵徑中一啜思俱清吳興紫
笋今為伴好約松梅結素盟

姑蘇陸質

迥疑寶鼎飾琅玕陸羽知時定喜看淨
碧舊經靈鳳宿初紅方試火龍蟠客来
湯沸雲蒸濕灰撥窓明雪壓寒幾椀中

宵閑獨坐自無愁結有平安

釋至寶

霜筠織就煮茶鑪便覺清風起座隅濤洶秋聲翻雪乳煙蒸春雨滌雲腴鉼笙尚作龍吟細汗簡猶疑鳥跡殊擬□不須参玉版願分一滴洗塵污

錦樹山人錢仲益

剪得三湘影數竿製成茶具事清歡笙

竽韻發銅瓶古鸞鳳聲沉石鼎寒雪煮
夜窓臨竹几泉分春院對蒲團感師幾
度相畱處香逐清風拂鼻端

顧協

織具時聞紫筍馨此君祇合置禪扃心
灰未死還瞻綠刼火方然異殺青煙引
翠陰秋繞榻水喧清籟夜翻瓶上人好
就平安日徧剩茶經當勒銘

右次蒙菴先生韵　梁用行

竹爐新置小窓西煮雪烹茶也自宜渭水波濤翻湧處湘江風雨到来時留連木葉山中火勾引梅花席上詩烧殺歲寒心不改通身青汗下淋漓

惠山亭上老僧伽斫竹編鑪意自嘉淇雨沸残烧落葉湘煙吹起捲飛花山人借煮雲□藥學士求烹雪水茶闡道萬

松禪榻畔清風長日動袈裟
翦裁蒼雪出淇園菌蠢龍頭製作偏紫
笋香浮陽羨雨玉笙聲沸惠山泉肯藏
太乙燒丹火不落天隨釣雪舩只好巖
花苔石上煮茶供給趙州禪
余讀茶爐詩有懷錫山諸老製作令
人歆羨不覺清興飛運回滴梅梢露
磨龍香劑醮紫霜毫寫詩三首寄呈

聽松軒主叟一笈且求諸公教正云

潯陽陶振醉裏書於雪灘梅竹邊之

西小軒時洪武歲丁丑二月廿有四

日也

刳竹為鑪製作堅金芽雪乳任烹煎沸

湯白雨翻淇水籠火青琅聚楚煙吟際

每留詩客會定餘頓悟衲僧禪山房滑

爾供清啜不負巖頭第二泉

怡菴

鼎制新煩織翠筠治金陶埴未須論湘紋蹙浪湯初沸翠節凝煙火倍温篆隸無文銘歲月圓方有象表乾坤一甌茶罷歸禪定風在松梢月在軒

雲間錢驥

湘竹編爐石作鐺禪房待客不勝清細斟玉液和雲煮新擷金芽帶露烹白雪

浮花甌面潤清風拂座腋邊生他年同
試惠山水飛錫丹霞訪赤城
中吴 如律
火箒蟠屈化龍材煮茗禪房日幾迴鳳
髓瀹醒淇緑夢烏薪然作汗青蓝不隨
冷煖移貞操已報平安度刼灰一夜秋
聲聞沸鼎清風還是此君来
卞孟符

截玉編爐置茗鐺試泉長向石邊烹燒煙未信湘雲起煮雪俄看楚水生鳳髓凝香疑曉色蟹湯沸響似秋聲何由林下然松火一啜先令肺腑清

沈中

傚顰賦竹爐詩

一鑪周繞護琅玕圓上方中量自寬水火相煎僧事少槍旗無擾睡魔安暖紅

炙汗枯霜節沸白澆花逗月團留共梅
牕清啜罷雪樓誰道酒杯寒

右竹茶爐詩爲惠山住持祖公韶石
禪師賦祖乃前惠山真公性海之高
足弟子也真往以空學有聲叢林間
當時緇衣之衆仰尚其德遂合詞進
陞虎邱聞其講道雨花臺上庶幾有
聚石點頭氣象不勝多利益方便爲

今既化去祖亦踐席惠山復能振起
宗風遠近嚮慕而徒侶雲集第二泉
幸不落寞方將遵源揚流湔汙潤朽
成其深遠於不已矣竹茶爐爲眞公
舊物詩卷尤眞所愛宜韶石之不忘
其師需其有述葢善繼其志者然耳
吁弟子之於師物非所愛也以師之
所愛在此因物以致其愛則不可舍

物而他求也予是以既賦之詩并書
識其後永樂七年歲次己丑月正元
日吳興莫士安識

綠玉裁成偃月形偏宜煮雪向巖扃
心未許如灰冷古色爭看似汗青偶免
樵柯供土銼尚疑清籟和陶瓶達人曾
擬同天地上有秋蟲為篆銘

韓奕

製作精深亦可觀日供高士試龍團輕
分淇雨苔猶緑細剪湘雲粉未乾紫笋
滿甌吟骨健清風一榻鬢絲寒啜來坐
盡梅花月正是凌秋第幾竿

耐軒王達

第二之泉泉上亭道人茶具竹爐成龜
蒙轍跡尚從事鴻漸作經宜著名火廾
龍氣若丹鼎瓶合鳳聲如玉笙西園老

客動高興急裏月團來會盟

西園郝庚老

少年離垢住名山派衍真公伯仲間泉

與竹爐增勝槩裏茶來試扣松關

龔泰

□□遥渡大江東白業精□□苦空萬

谿煙霞今有□□□□力闡宗風

吴潛

此卷久脱落正德丁丑春予以菴僧重
裝之時助貲者泰伯鄒氏瞽工從事者
初泉楊正甫也收卷僧名惠登而能諷
詠之者曰圓金曰方益越明年戊寅三
月十日二泉山人寶書於容春精舍
憶甲戌小春有事於吴淞道經梁溪登
九龍眺震澤已而坐寄暢園耳牆外松
風與泉聲互荅泠然結天際想今年至

毘陵晤湯堂中丞舟次承出此卷見示
於毒熱中頓覺心地眼境清涼無礙夫
竹爐特一微物耳經諸前輩品題便成
佳事數百年後復有漫堂中丞為之纂
集藏弆遂為山中最勝因緣而余既曾
親履其地又獲展是卷恍置身湖山罨
畫中覺水石煙雲猶繚繞左右也昔
康熙丁丑初秋瀋陽范承勳眉山氏題

於金陵使署之清暇堂

清溪曲抱煙中寺秋雨軒開見題字竹爐製自僧真公四百年来重遺罷琅玕色染湘波深翡翠香流雲葉膩火候常教文武調象形直使陰陽備上人鄭重誇向儂卷如束筍披重重詩篇畫筆一一工就中七十餘鉅公九龍山人作圖始螭蟠小印尤猩紅淋漓幀首蝌斗篆

迺是相國西涯翁獅子林與清閟閣此
地詞人矜述作其間彝鼎閒最多一瞥
雲煙難似昨恒河沙數只剎那人間小
刼嗟如何禪房清供長在眼豈有神物
勞護呵我来對此重太息片時不惜千
摩挲惠山泉水流清泚綆汲寒香煩佛
子魚眼蟹眼勿細論謖謖風生到吾耳
不須真汞燒丹砂不須大藥煎黄芽松

毛拾淂緩騰焔瀹甌自點山中茶

使舟過惠山石泉上人出竹爐見示

為作歌書於卷尾時乾隆十有五年

秋九月之廿又七日漫士裘曰修

黄埠墩前偶泊舟泉甞第二快兹遊竹

爐況有高僧蹟今古才人八卷收

乾隆十五年十月抄為石泉上人書

于湖陶鏞

第三圖

成化丁酉
冬吴理寫

御題竹爐圖詠

惠山氿泉天下聞陸羽品後伯仲分中泠江

眼固應讓其餘有冽誰能群高僧竹爐添韻

事隱使裴公慙後塵莊嚴金碧禮月相三間

茗室清而文梅華天竺間紅白濛濛沐雨含

奇芬平方木几一無有但有竹爐妥帖陳筬

編窰綴擬周篚體製古朴規虞敦玉乳寒渫

早汲緶明松乾烈旋傳薪武火已過文火繼

蟹眼初泛魚眼紛盧仝七椀慢習習趙州三甌休云云政和入貢勞致遠衛公置遞嫌遲

榷巡躍偶然作清供聽松庵圖真蹟存名流傳詠四百載墨華硃彩猶鮮新山僧藏弆奉世寶視比衣鉢猶堪珍視比衣鉢猶堪珍後

進君子先野人

乾隆辛未春二月廿日南巡登惠山至聽

松庵汲惠泉烹竹爐因成長歌書竹爐第

三卷援筆灑然有清風兩腋之致

御筆并紀

法雲初地悦聲聞有學無學誰為分調御丈夫獨出類天上天下莫與羣天龍現泉供澡浴浄洗萬刼空根塵苓香石髓鎮福地離垢入浄傳經文我與如来宛相識瓣香頂禮栴檀芬相好豈有今昔異俛仰亦不稱跡陳迹匆却慣舉公案未忘者箇情猶敦聽松軒分

明爇路松枝落地堪為薪竹鼎燃火戒過烈
淨物受染不受紛須臾頃諸沸可瀹乃悟速
不如遲云玉泉山房頗倣效以彼近恒此遠
權乃今此主彼更客有為如幻真誰存入畫
九龍山亘古當春第二泉淙新漪瀾舊堂懸
睿藻千秋
聖蹟傳奇珍千秋
聖蹟傳奇珍繼述朂哉予一人

丁丑南巡重至惠泉疊舊作韻并書卷中

御筆

有耳誰能免厥聞要當於聞清濁分泉之響在聞清矣惠泉之清更莫羣縈林絡石所弗免色塵雖泯餘空塵古德詡為淘洗法土鑪護竹堅而文松枝取擕那費力燃火弗炆煙生苓菴外老松莞爾笑誰為新者誰為陳如此好山不試茗更當何處佳期敦名流詩畫

卷在案山僧寶弆擬傳薪圓池溶溶用不竭缾罄罍恥佉議紛火候既臻衆響奏聽泉有耳休更云閒中入流忘所寂大士方便為巧權綠杯小啜便當去辟間舊作居肰存長歌險韻一再疊春花春鳥從頭新觀民課吏吾正務禪房靜賞寧宜珎禪房靜賞寧宜珎溪邊待久迎鑾人

壬午仲春南巡復坐山房再疊長歌韻圖

中素地無餘就引首舊紙書之 御筆
從来一見勝百聞勝趣豈以今古分山
泉得名溯鴻漸甲乙雖判皆空羣坡翁
過此數留詠肺腑氷玉絶點塵後来性
公敦雅尚製爐以竹參質文泉味香洌
詩味永沁人齒頰餘清芬鑪傳以人亦
以地此詩此畫非空陳裁筠范土易易
耳曷以重若珠槩敦煨鑪想見啜茗致

鉼笙不藉松枝薪坐令好事强標置煙
雲滿眼尤紛紛山靈呵護四百載得失
聚散何足云延津劍合識官印保守欲
藉開府權寧知
清蹕此臨駐披圖汲泉喜爐存就鑪煮泉羨
高唱泉流飛湧詩境新
濡毫一一寫横卷至寶豈獨山房珍至寶豈
獨山房珍幸哉附名卷中人　恭和

御製長歌元韻奉

命即書卷末　臣汪由敦

中泠名泉夙飽聞江心探取波流分泉在江心月夜起沫以銅瓶沉下汲之然已襍入江水幾分矣不如慧山人共汲虎邱泉第三以下難同羣其性甘美復瀲瀲千秋不著一點塵煮茶風鑪編以竹高僧手製傳清文九龍山人作畫卷筆墨長帶幽蘭芬後人題詠遍辭

客觶觶卷軸縱橫陳生徒珎擬三代物
鼎鼒尊卣罍盤敦叶煮之法用文武火
不須山客樵蒸薪初疑松風瀉謖謖梭
見魚眼堆紛紛耽茶詩人句清冽王濛
水厄何復云我
皇省方適經此澤敷庶物持化權叶緇流烹
泉作清供茶具詩畫依朕存
天章揮灑麗日月終古常見光彌新百千年

後傳韻事小物直與圖球琢小物直與
圖球琢後來誰是賡歌人

臣 沈德潛恭和

九龍名山昔所聞兩峯崒嵂龍角分有
菴枕松著老衲幅巾高士曾招羣編篾
為爐供茶具後來好事隨芳塵下方上
圓水火濟辮𦤎堅緻客有文太常典籍
各更製馱載都下傳孫芳記茲顛末彙

長卷題詩往往皆宿陳彝尊朱氏更嗜古方之盂禹及鬳敦冽泉汲取受升許松枝小折炊作薪不知人世有軒冕肯令俗物来糾紛篁墩西涯有同癖集中散見皆稱云時平

巡幸博咨訪闡幽攬勝握大權焦山之鼎甘露石掎摭長爱古意存即今活火茶正熟貢芽一試頭綱新歌成竹韻戞寒玉

山僧奉之奕世珍復展横卷重拂拭孟
端許作烹茶人
右乾隆十六年奉　勅恭和
竹爐古式輦下聞新舊異製中徵分密
編細擘肌理湊往往超出都籃群珠還
合浦有宿分香泉一洗京華塵當年蘭
若曾小憩題載
天筆光奎文重来復訪尋韻事取爐烹茗傳

餘芬徵生蟹眼候火候長廊松逕紆勾

陳

睿情眷舊寄高致即此已欽古處敦軼足老

驥伏峻坂清材孤桐炊勞薪乾坤淋氣

半幽寄同眼不識徒紛紛風流顯晦有

時命安知不異古所云扶輪大雅示激

勸輕重隨手方稱權從来名刹多巖罍

孰者散去孰者存此爐幸遇

今日賞泉流山翠同鮮新石鼓有時春作
臼靈物撝護為國珎歌成點頭有餘
羨羨彼當年展卷題詩人謂王紱吴寬諸人
右乾隆二十二年奉勅恭和
臣錢陳羣敬書時
乾隆二十三年八月之吉
惠山敬觀
御題竹爐卷長歌恭和

乳泉地脉誰聽聞瀰然雙井方圓兮圓
者不食方用汲盈尺之區涣其群初疑
眼界均色界徐從舌根辨舌塵缾綆徃
来日萬斛不增不減波羅文幽人題次
中泠後以之瀹茗尤清苏茗政古多好
事侶編筠作鼎非因陳上圓下方老衲
創三甌七椀閒情敦南能衣鉢歸泯滅
此物寧足同傳薪失兮得兮定神護左

圖右詩觀者紛四百餘年若有待欲問
其故誰能云
鑾旂省方行慶惠頻周閭井施化權泉亭小
憩閱清供茶爐畫卷依然存揮洒
天章冊三疊河聲岳色囬囬新霞氣燭天光
暎日名山至寶懸球珍名山至寶懸球
珎韵事何幸此邦人

知州借補無錫縣知縣臣吳鉞

聽松菴敬觀

御題竹爐卷長歌恭和

錫山惠泉世所聞評衡澗谷幽人兮江

南客棹頻来去但見青山青莫群補官

金匱錫兮邑爽氣日送明窓塵秋水一

方隱梵宇霞光两度輝天文趋循勝地

瞻

聖藻慈雲法雨曇雲花芬山僧捧出金玉匣異

寶直在几案陳就中竹爐茶具樸古德
禪供聊自敦名流歌詠紀梗槩畫成三
軸如傳薪
清蹕流連石泉靜謂此頗可除煩紛爰命畫
士補其一如天之有四時云天下佳泉
聚吴會中泠虎阜斯中權湛恩潤物名
乃稱茶經枯槁烏足存
鑾輅三臨歲在午御雲復旦歌彌新敬宣德

意語人士光華寧獨名山珎光華寧獨

名山珎一遊一豫無飢人

金匱縣知縣臣韓錫胙

竹爐圖詠利集

聽松庵訪求竹茶鑪疏

伏以織竹為爐自是山房舊物燒松煮
雪久為衲子珍藏移来消洒數竿秋製
就玲瓏一團玉不鎔不琢非石非金解
煮山中第二泉慣烹天上小團月可愛
清竒手叚相傳澹泊家風氷雪清姿豈
受緇塵點汚歲寒貞節何妨刼火焚燒

已分党將軍之擯弃曾遭蘇内翰之賞
憐蘿屋無人伴我同行木上座蘭閨專
寵笑他無語竹夫人鑵鳴尤帶鷓鴣聲
汗滴尚疑湘女淚正擬生涯永託豈堪
塵障未除提携竟落於豪門消滅畧同
於幻泡閑我山中風月添渠席上詩情
大士悲哀諸天煩惱恭惟某人貲雄今
代善種前生煮鳳烹麟自有千金翠釜

櫛風沐雨何消一個筠爐恐羞帳底金縷衣難侶篋中碧玉碗伏冀早發慈悲惠然肯賜豈但空門有幸實為我佛增光報恍愧乏乎璚瑤懺禮冀資於冥福恭陳短語俯聽慈宣謹疏

復竹茶爐詩卷序

物之成敗得失莫不有時若聽松菴茶爐亦其一驗洪武間性海真上人道行

為時輩推重嘗編竹為爐體製甚精僅
圍尺地許天地動静陰陽橐籥之妙歷
歷可觀侍讀學士王公達善少卿朱公
逢吉中書王公孟端文字與上人往来
其間至則汲惠泉烹春茗累夕後返山
亦曰此增重人才嘉會之一初如此既
而上人物故諸公亦凋謝竹爐遂為好
事者湼荼煙寐莫於殘霞之頃至此極

矣成化丙申冬秦公廷韶以武昌守如
京師道經故里公邱壑之趣洒洒不與
俗吏俱一日偕金陵郁景章先生宿庵
中菴之主僧戒宏出學士諸公竹爐所
詠太守誦之撚髯歎曰山中壯觀莫此
若也物去卷留豈衣鉢之遺意乎乃呼
筆墨為疏以求之太守公天下之心亦
於此可見未幾楊孟敬慨然出之不少

滯其亦賢矣老眼摩挲矍然感歎帶春
蘚之斑含湘雨之潤猶昨日也非元氣
呵護克爾哉太守為文記其實復作近
體率諸公和而成卷山之光輝於是增
焉人才嘉會之一初又如此雖然竹爐
一微物耳出處若關乎大節葢不盛於
他人而獨盛於學士賡吟之秋不復於
曩時而必復於太守歸遊之日太守之

緣殆與之夙契而神明有以相之歟古
所謂身之前後不能無疑他日尚當携
詩老宿菴中汲泉瀹茗聽松雨而吟白
雪不謂殘霞之頃寂寞無人也人才嘉
會之一初又當在於斯詩若干首
成化丙申臘月既望奉議大夫致仕劉
弘超遠序　　竹石老人書
憶自山中別老禅松關寂寞已多年寒

驚春雨懷鴻漸夢落秋風泣麗娟忽逐
檐頭歸舊隱栓烹魚眼叙新緣玉堂學
士遺編在瀛淂時人一樣傳

弘又和

方外曾叅玉版禅草玄亭上住多年山
房有意親靈徹金屋何心伴麗娟詩卷
畫圖新趣味熏爐茗碗舊因緣湘筠骨
格依然好留與真公弟子傳

聽松菴竹茶爐真公手製也淪落人間已五十年餘尋訪不可得逵兒夔自湖湘歸假榻庵中囙覩諸鄉老所詠慨然有收復之念乃述跡語俾公徒孫宏上人訪求於城中好事之家乃得於秋林楊公所封泥編竹宛然若新發硎者上人懽喜以手加額曰不圖今日復覩先師之手澤也山中

風月從此不孤矣夔忘其固陋僭作
復茶爐記并詩社中諸公不鄙倚歌
和之余亦勉次一律裒潢成卷亦一
勝事也上人當置之山房汲泉煮茗
薦之祠下以慰真公在天之靈俾知
後人能光復舊物云脩敬秦旭識
竹爐還復聽松禪老眼摩挲認往年潤
帶茶煙香細細冷含羅雨翠娟娟已醒

萬刧塵中夢重結三生石上緣五馬使
君題品後一燈相伴永流傳

高直

憶隨蘇晉學逃禪往事傷心莫問年到
處凝塵甘落莫幾番烹雪伴嬋娟黃金
用世徒高價清物還山續舊緣不有武
昌秦太守香名埋沒竟誰傳

直再次

煮茶留客喜談禪編竹為爐記昔年一
去人間成杳杳重来塵外净娟娟文園
司馬曾消渴雪水陶公擬結緣淮海先
生為題咏價增十倍永流傳

陳澤

復向山中伴老禪沉淪莫問幾何年湘
筠拂拭仍無恙趙璧歸来尚自娟風月
已清今夕夢林泉應結再生緣畫圖詩

卷長為侶留作空門百世傳

張泰

湘竹爐頭細問禪出山何事更何年渴心幾度生塵夢舊態常時守淨娟刺史能留存物意老僧還結煮茶緣題詩再續中書筆千古清風一樣傳

成性

一團清氣許從禪流落風塵幾十年陽

羨不烹春杳杳湘江有夢泠娟娟玉堂
内翰曾為伴白髮高僧又結緣莫恠老
夫多致囑要將衣鉢永同傳
雪菴厲昇
乘舟無事檢黄庭寫罷烏絲思不羣取
汲惠山龍窟水山僧齋唱藥師經
嘉靖辛酉初秋舟次錫山身體違和
命取第二泉煮陽羨虎邱茶并觀竹

爐不勝神思復常非好而樂不與言

也　新安吴野道人羅南斗書

竹爐元供定中禪久落紅塵復此年雪

乳湯烹香細細湘紋重拂翠娟娟遠公

衣鉢還爲侶老守文章最有緣猶愛風

流王内翰舊題佳句至今傳

陸勉

浮生已付祖師禪張宛邱　一墮西岩又隔

年許渾　幾疊翠微深杳杳張伯雨　半鉤涼

月夜娟娟王中　久知世路皆虛幻張翥

終了無生一大緣蘇東坡　寄語山靈勤守

護朱晦菴　清風留與後人傳吳全節

陳賓集古

謝却湘靈伴老禪山房棲迹已多年烹

茶只合依鴻漸薰麝何堪附李娟流落

似知前日誤重来如結再生緣世間萬

物誰無主獻璧懷金莫浪傳
煑茗曾叅玉版禪迢迢相失幾經年客
来寒夜愁岑寂風度疎林憶浄娟白壁
本非秦氏物青氊只結晉人緣從今莫
著華陰土留伴茶經世世傳

陳賓

清風只合近孤禪華屋徒留五十年竹
格總如前度好瓷甌那得舊時娟鬒絲

吟榻全真趣松火清流斷俗緣物理往還雖不定芳名須藉後人傳
倪祚

聽松庵復竹茶爐記

爐以竹為之崇儉素也於山房為宜合爐之具其數有六為瓶之似彌明石鼎者一為茗碗者四皆陶甆也方而為茶格者一截斑竹管為之乃洪武間惠山

聽松菴真公舊物爐之制貟上而方下織竹為郛築土為質土甚堅密爪之鏗肰作金石聲而其中款焉以虛類謙有德者鎔錢為柵橫截上下以節宣氣候制度絕巧相傳以為真公手跡余獨疑此非良工師不能為鄉先達中書舍人王公嘗有詩咏之學士耐軒王公復作引弁其首以是爐之名益傳於人人永

樂中真公示寐爐亦淪落人間獨諸公
翰墨粲然尚存落落與松雲蘿月為伍
成化丙申冬余歸自鄂渚暇日假宿庵
中真公嗣孫曰戒宏者出以示余曰誦
王舍人所作氣蒸陽羨三春雨聲帶湘
江兩岸秋之句嘆其佳絕且惜其空言
無徵圖欲復之乃曰釋氏教述疏語一
通畀戒宏使遍訪焉已而果得於城中

右族爐尚無恙特茗碗失去不存或疑爐細物也復不復不足為世輕重殊不知物不自顯必曰人而後顯使爐不經諸名公品題雖復之累百何補況諸公之作亦將藉是以傳爐可泯諸公之言可縱之使泯乎爐之亡不知其的於何年姑記其槩汲鑪者故詩人楊孟賢復而歸之者其仲孟敬云是歲嘉平月望

日邑人秦夔識

烹茶只合伴枯禪誤落人間五十年華屋夢醒塵冉冉湘江寬冷月娟娟歸来白璧元無玷老去青山最有緣從此遠公須愛惜願同衣鉢永相傳

夔又題

序竹茶罏遺事

洪武壬午春友石公以病目寓慧山之

聽松菴目愈圖廬山於秋濤軒壁其友
潘克誠氏往觀之於是有竹工自湖州
至主菴僧性海與二子者以古制命為
茶爐友石有詩詠之一時諸名公繼作
成卷永樂初性海之虎邱留以為克誠
別業在潘氏者六十餘年成化間楊謨
孟贇見而愛之撫玩不已潘之孫其者
慨然曰此豈珍於昌黎之畫而吾獨不

能歸好者哉乃以畀孟賢孟賢卒之三
年中齋秦公以知府報政還自武昌遂
為僧撰跋語白諸孟贒之兄孟敬取而
歸焉吾閭諸吾母姨之夫東畊翁云正
德戊寅三月望後四日二泉山人寶書
於容春精舍

甲申元夕之日惠山金荺二僧以余久
不到山中也訪冉涇草堂詩以荅之用

唐人韻
上方稀聽擊魚聲僧入城中遞刺名老去有心非石轉春来何事不山行北枝梅似南枝白今雨泉如舊雨清為問竹爐無恙否好煎佳茗待先生
二泉在松風閣為月西書正月廿四日也
竹爐歡喜復歸禪一别山房五十年聲

繞羊腸還簌簌夢回湘月共娟娟松堂
宿火無塵劫石檻清泉有凈緣莫怪真
公招不返已將詩卷萬人傳
予欲見此卷寤寐非一日矣頃過松
菴月西上人出示請題遂次韻如右
前輩風致或可想像也嘉靖庚寅夏
四月既望鳳山秦金書
碧社相鄰寺裡禪手編溪竹已多年堅

貞未可隨狂絮憑擾□□愛麗娟衣鉢
偶肰無地着盃茗從此更相緣焚脩且
說生公法莫道寒爐未解傳

王其勤

第四圖

小臣張宗蒼恭畫

御題竹爐圖詠

又溯梁溪問惠泉春光到比客舟先竹爐小
試仍松下龍井新攜巨雨前此日真成四美
具當年湯說八禪詮補圖直繼諸賢躅便道
同堂豈不然　御筆又題

補圖曾寫惠山泉輝暎王吳合後先孰謂斯
人亦長逝空嗟絕藝此當前花香鳥語春如
繪流水行雲靜裏詮洗滌塵根泯能所偷閒

題句亦欣然

丁丑春二月重至惠山展閲張宗蒼補圖卷再疊前韻題之御筆

夙契清機在惠泉寺僧作踈㪷聞先竹爐且喜還山久畫卷重看補闕前綠竹紅梅猶假色行雲流水是真詮呼之欲出宗蒼儼對此怡朕湯悯然

壬午仲春南巡再疊前韻書卷中御筆

惠山聽松菴敬觀

御題竹爐圖四卷恭述

九龍蜿蜿震澤滸腹滿湖波噀雲乳品

茶始自桑苧翁挈瓶日覘飛泉縷寺僧

達者號曰真山人孟端共游處汲綆親

煎倣李生塼爐石銚嫵呰窽山中剏意

新硎發手剖蒼筤工織組厥形麃眼類

編籬四角籦龍相支拄就中實泥通火

道上圓入覘下應矩錢柵風穿獸炭明
銅鐺煙羃鯨濤鼓不須藥臼儷繩床況
有墨妙輝廊廡後来接踵張吴輩松膠
潑汁同媚嫵其間離合有因緣披圖按
記差可覩合浦還珠秦武昌山門留帶
宋宣撫佳詠能生兩腋風長幀未被六
丁取當時老衲亦偶然韻事詞人競稱
許析為四卷僅存三其一無處落榛莽

玆物何心達
九閶島瘦郊寒未足數去年
鳳舸泊梁溪瀹泉為截圓玉煮就爐候湯魚
蟹分展卷題字龍鸞舞天花亂落入丈
室百靈撝呵等岣嶁爰
命宗蒼補作圖娟妙果繼前人武淋漓
宸翰照溪光重同琬琰珍千古小臣水厄頻
不廉夢結銅官與顧渚南来乍酌中泠

甘蓬窻日檢君謨譜遵塗曉訪聽松菴

捫爐讀句過亭午名家空復七十餘

御筆永爲壇坫主從兹不用更作疏竹爐還

山

帝判與安能重起唐六如也應咋舌自慙沮

哦詩舌本殊清涼夕陽啞軋歸柔櫓

乾隆壬申歲四月臣李因培

君不見李相手裁兩温對濃陰消落歸

何處又不見雲林清閟富彞鼎滅没俄
隨煙草冷豈如聽松之庵竹茶爐歷四
百載全形模誰歟巧剪湘筠裹上規下
方安置妥兇口仰頓清泠泉離腹虛藏
文武火都籃茶具乃有斯惜不令桑苧
見之一時名流盛篇詠寶玩奚啻連城
姿況邀
睿賞摩挲久

宸藻留題事非偶為語山僧謹護持莫輕飲
客缸面酒
乾隆壬申六月　臣王鎬
敬觀
御題命張宗蒼補圖作恭和
性海曾棲陸羽泉略同江眼住焦先茶
爐編竹自方外法寶傳衣歸佛前山迓
六飛逢藻鑑畫完四美靜言詮儒臣但鮮

天章倬若領真機更豁然

知州借補無錫縣知縣臣吴鉞

竹爐圖詠貞集

復竹茶爐記

出錫城西里許惠山稍折北菴曰聽松洪武初詩僧真性海嘗織竹為爐高不盈尺圓上方下類今學仙家流稱乾坤之象者規製絶精巧可玩邑先達耐軒王學士諸名家率賦詩賞之真公没爐淪落於城中右族亦已兩易主成化丙

申冬武昌太守秦廷韶間淂歸過菴中
誦諸先達詩嘆曰物各有主茲爐固惠
泉之物也而他人何有慨然許為物色
歸之復為詩飭其徒俾世守焉和者自
京師諸名碩下淂数十家竹爐之名不
獨傳一方而遂以聞天下爐之所遇亦
奇矣哉夫惠泉之名由陸鴻漸一言而
著後世置鑪之意實欲匹泉之為用也

廢棄之餘孰謂遇如武昌者得以衍其名哉鴻漸嗜茶飾及爐鼎至範銅為之當不如竹之不凡但竹力朽弱難久存存者若倪元鎮茶具今尚為蘊萬壽寺僧所收存矣而寂寂爾無所稱沵竹鑪之遇不遇何居然爐居惠泉之上是所處得其地也前遇耐軒後遇武昌所遇得其人也岐陽石鼓孔壁之遺經假所

處與遇非邪後之存者幾希物固有然
者矣而況於人之所以圖其存者乎吾
固於爐有感矣武昌學行政事皦皦重
當世而博雅好古乃其餘云
成化丁酉歲春閏二月晦翰林侍講平
原陸簡記
和復竹茶爐詩
渭川風骨瘦於禪爨下相逢厄閏年僊

客未湏防變幻酪奴長許伴嬋娟已看
石鼎成奇遇欲負詩瓢結此緣寂寞天
隨湖海上釣槎安得並流傳
碧山曾與助談禪兩腋清風日似年茶
淪團龍品奇絶煙籠歸鶴影便娟敢將
直道醫庸俗已分灰心斷劫緣獨謝昌
黎文字好畫圖千載事猶傳
解脱囘参玉版禪不隨丹竈學長年社

無香火収陶令市有風塵涴李娟鑒賞
已非前度客歸来真是後生緣誰將陸
羽遺經續勝事於今更可傳
靈櫬隨處可栖禪寒暑驚心又百年簾
約濤聲春洶湧鼎涵山色暮聯娟行逢
惡客人何毀舍向名泉事有緣珍重山
門留帶客高風消得後来傳
虛心曾侍覺林禪花下清談媿少年不

願爲罌兼二美且須乗月歸三婣僧疑
山廟由来聖人予樵青未了緣絶似柯
亭哀颯久餘生猶附蔡邕傳
長身今破野狐禪衛武知非向耄年鶴
返令威成倏忽鏡還元顇尚清婣夜堂
一盌澆孤悶曉殿殘燈照宿緣函外月
明梅正蕤小山詩句却堪傳
虇墮空山一味禪狂游誰復永熙年松

閒夜聽風聲細籠裏春焙月影娟夢斷
紅塵歸舊隱淚消青骨悔前緣□□欲
就菴中宿尤恐蓬萊是浪傳
高標林下澹宜禪改物誰曾與卜年鼎
俎呈身無少貶琅玕披腹有餘娟乾坤
象出儒家巧水火交成幻境緣從此平
安日須報範金何必獨能傳
蒼顏非俗亦非禪投老空山憶往年葉

埽夕陽三逕遠瓢分秋月一痕媮鞶纓
自信名難假蕉鹿誰知夢可緣偃蹇平
生餘萬卷枯腸還待滌来傳
湘水雲深作浪禪獨醒今是乞骸年菴
中臈在蒼髯短雲外泉流玉乳媮結顧
寧無舊香火相煎真有惡因緣君侯分
淂寒灰芋功業何時與世傳
箇三辱武昌復竹爐之作亦嘗三用

韻酬答之凡得十首外諸家和者又數十首武昌彙次成卷畀簡一言記顛末簡既僭述所聞於武昌者為記之遂以鄙言附於後然此不過一時戲於押韵而已觀者無以詩求之也

簡又識

此君忘却趙州禪半世來歸似隔年泉上故人應絕倒眼中奇節尚連娟不妨

遣日分僧供有幸逢辰離俗緣活火自
今知未滅聯詩留伴一燈傳
物故誰參性海禪摩挲故物數歸年久
争水火疑蒼朽乍脱風塵喜浄娟老宿
漸忘新世味美人重結舊經緣鄂州太
守真能事好比蘇公玉帶傳
不隨蓮社愛逃禪對客煎茶記往年歲
晚松風猶瑟瑟夜寒梅月故娟娟弓亡

已兮歸無定劍合由来宿有緣入手未

應憐去住漢家汾鼎亦誰傳

新安程敏政

松窓瀹茗助談禪猶記山僧手製年甘

作楚因嗟汨沒誰期漢使贖嬋娟歸蹤

不染浮塵污浄社重尋隔世緣鄀郢魯

弓今孰在漫憑筆札為流傳

海虞李傑

秋濤萬壑坐依禪笑指茶爐說往年去
日煙泉長寂寞歸来人月共嬋娟山靈
自合持僧寶仙具那能混世緣千載真
公遺事在却因文字與流傳

三山許天錫

此君元自爱逃禪禪榻相依幾許年甘
瀹清泉供唄梵誤投塵俗伴嬋娟倪迂
仙具更新主秦觀高情續舊緣對此不

須增感慨楚珩趙璧是誰傳

是日席上所和稿在公署記不能全

想像足成必有異同尚祈訂正東海

居士張弼

殺青編後日參禪煮茗供僧度歲年流

落未應成寂滅吹噓無奈混嬋娟喜逢

天上重遊客為結山中未了緣名重玉

堂諸史筆從今都下亦相傳

泰和李穆

無心到處只安禪何物頻勞問百年淂失未能忘楚越畫圖終是惜嬋娟從来湘女江邊恨暫結真僧石上縁周鼎商盤千載上秪今淪落與誰傳

桃溪謝鐸

梵王宫裏伴枯禪閲歷從来幾百年渭曲帶煙春不散曹溪貯水月同娟誰家

拾得渾無恙故主重歸夙有緣珍重賢
侯題品後名稱千古為渠傳
吴江汝訥
幾欲題書問老禅失来應是問牛年絶
憐吴楚成抛擲試汲湘江瀹浄娟郢下
忽来新製作空門未了舊因緣性公應
有蘇公帶千載清風合並傳
向来懷土竟離禅一住人間七十年茗

碗詩瓢情脉脉松風水月夢娟娟風塵
澒洞誰曾識湖海歸来信有緣珎重武
昌秦太守大篇珠玉為渠傳
東華夢醒又依禪感慨憑誰質往年白
社舊遊俱寂寞黃陵春恨泣嬋娟蓬萊
想像知何處檀越分明悟夙緣弓在楚
人何得失却勞詩句萬人傳
超凡又赴覺林禪喜及張滂罷稅年睡

起清風生两腋罡看明月動聯娟草堂
從此增顏色華屋他生少分緣閒道建
溪春信早月團三百倩誰傳
此君只合對臞禅淪没重經甲子年滄
海夜濤醒獨夢秋風林屋伴三娟渴思
已慰清羸疾超脱全消俗世緣若遣彌
明當日見未應石鼎浔詩傳
白髮跏趺默照禅不知流落是何年窮

陰有復占應驗清節難污介且娟自負
乾坤遺小像却於泉石著深緣湖州紫
筍潭州鐵我欲曰風次第傳
不用頻参五味禪僧家清供亦窮年玉
泉雲乳馳芳約白社秋蓮愧靜娟樸素
且堅将利用去来無定是随緣風霜標
格元無恙欲起湖州老可傳
憶從参侍小乘禪夢遠湖湘又百年黄

葉燃秋聲颯爽翠濤飛雪舞囬娟文章
搜索三千卷水火煎磨十二緣莫詫相
如還趙璧山中清事更堪傳
山中雅製只宜禪飄泊何知厄九年江
漢有懷紓偃蹇風塵無地著便娟淵明
淨社今持戒陸羽遺經舊托緣陰騭定
勞神物護商彝周鼎未能傳
厭隨流俗再歸禪不見青松化石年千

刼寒灰戚幻化三湘遺族尚連娟蘇蘭
薪桂林間約風壑雲泉物外緣為語曺
溪諸弟子珎藏好伴法燈傳

東曺隱者邵珪

此君曾了大乘禅流落人間已百年榾
柮煙銷春寂寐木犀香冷月娟娟老僧
元會三生意太守終酬萬刼緣尺璧歸
来真舊物相如髙誼至今傳

松陵吴珵

聽松磨松煙看竹煮竹𦉮雖違植物性

巧與造化俱韓稱浮屠多技能此𦉮水

火登上乘舍人鑒賞太守復傳訛乃為

他人憑憶我遊遊不記遭醉醲恐受茶𦉮

嘲今朝清風淂一吸願向轆轤供曉汲

緬前賢欲麽煎

華亭後學錢福贊

曾向林泉伴老禪聽松瀹茗自年年遠
公身後成淪落陶穀情高愛淨娟暫賞
未厭豪客興重来還結惠山緣品題况
是諸名筆留得清聲與世傳

山海蕭顯次韻

多情常自愛逃禪塵刼今逢解脫年價
重玉堂并粉署生憎華屋共嬋娟休論
一物原無定自信三生却有緣從此諸

天湧訶護千秋留伴佛燈傳
真性由来不離禪空門歸去又經年常
懷楚水兼湘月厭伴吴姬與趙娟物外
風塵無舊夢山中泉石有新緣春来光
照瀛洲筆淂似彌明石鼎傳
生平只供文字禪歸来松屋度餘年貞
姿寧受俗塵污舊態尚含湘水娟舒州
短杓本非侶温石小鐺知有緣况復仙

郎歌白雪高風畱與士林傳

塵容脱却喜歸禪況復諸公為表年白

雪數萹詞衮衮麦光三尺浄娟娟烹茶

陶穀應同調解帶蘇公儗結緣陸羽泉

頭惠山下清風千古漫流傳

竹爐之復余既為詩具諸别卷頃来

京師偶與考功郎中鄉友陳公誦之

辱不鄙首賜和章既而朝之縉紳若

翰林侍講同郡陸公新安程公夏官
副郎華亭張公輩葺之皆相繼賜和
旬日間凡淂詩餘四十首亦富矣哉
何物竹爐遭此奇遇余以諸公之意
不可虛辱㝷次成卷既求侍講陸公
雄文記之不揣復用韻勉製四律一
以賀此鑪之遭一以荅諸公勤懇之
意南歸有日併付聽松主僧収藏用

傳爲山中它日故事云時
成化丁酉歲春二月吉邑人秦夔書
於金臺寓館

往在京師同年繆文子太史屢爲余言
聽松菴竹鑪圖詠卷爲錫山勝觀以未
得見爲恨今年四月余請假南還獲觀
於汪氏舊雨書堂爲卷有四圖畫三名
賢六十有七文十三詩九十有二諷詠

周環如不欲盡於時同觀者同里蔣湘颿衡丹陽湯南箴鏐仁和湯良耜學基蘦雨主人歙汪青渠潭青渠云聞尚有唐六如畫卷暨文祝諸先疋題詠在吴門收藏家他日當細意訪淂之歸還聽松庵亦一段勝事也雍正四年四月廿有四日良常王澍書後

竹爐佳製曰九龍山人詩畫而傳又得

名人唱和遂以不朽丙午夏同吾鄉先生
王虛舟暢觀於山中時余有拙存堂臨
古帖廿八卷闌元明人書意欲携孟端
詩臨入帖内及開卷又錯意興亦闌誌
此情懷俟他日卜鄰山中當更藉以娱
老也𠃔潭老布衣蔣衡
雍正五年三月十日同虛舟湘帆雲川
青渠觀於鍊石閣太倉閻紅漁老㞭

是歲六月四日錢塘絨菴陳學士恂唐渭師兆熊汪青渠潭金壇王虛舟澍蔣拙存衡山僧松泉同觀於雨秋軒松泉磨墨青渠按卷虛舟執筆

雍正五年八月廿又四日寶應喬崇修觀

竹爐圖詠余耳其名㩁矣曩在京師雖為虛舟先生言之實未見也今年秋九

月至錫山過聽松菴索觀此卷未如所
請遂悵然而歸連日苦寒擁被僵卧岑
寂特甚忽有山僧叩門出示此卷飽玩
竟日宿願頓償聊誌數語以慶吾遭
乾隆庚申冬至後十日繆曰藻
一棹清流入慧山縱觀性海趙州禪竹
爐新詠傳詩畫四卷常存第二泉
乾隆丁卯九月廿七日高斌題

竹爐圖詩前人序之詳矣
聖天子三幸惠泉揮灑
宸翰霞燦雲飛鉞用鄺填法摹勒上石裝潢
两册恭陳於竹爐山房曾邀
御鑒至畫卷為山僧世寶汲古家無從摩挲
鉞省耕憩山寺與山僧成瑩商榷擬壽
諸石而需費不貲謹奉
御題元亨利貞四卷列為四册付之棃棗首

錄
天章以冠篇首其古今名賢依原卷款識以
次相附智水仁山開卷如晤而惠山畫
在目前矣臨畫者秦文錦書簡者吳心
榮校字者錢紹成各具精心例得附名
知州攝無錫縣事全椒吳鉞恭跋時
乾隆壬午閏五之吉

惠泉記畧

惠泉在惠山第一峰下唐陸羽品居第二右有若氷洞舊志皆言泉源所出然洞斜去十三丈有竒高三丈餘水甚混濁而不甘美因洞前之蓄水加以人工作瀑布出惠泉之右由漪瀾堂明溝左轉入方池實不與惠泉通詢之土人大旱時洞前之泉乾涸而惠泉如常宋聶

厚載記云他泉脈淺發於山表斯泉源深出於山骨故能積霖不溢久旱不竭惠泉伏涌潛洩罨無形聲池二同覆一亭圓為上池方為中池隔尺許有石板孔穴相通撓之則俱動而中池之味不逮上池者蓋上池之水肩挑盎汲攪動無虛日中池窄小取水皆在上池四面石板之上未免積垢不去池不潔而流

過之水亦不無染污是以圓甘而方劣也又惠泉有暗溝直通漪瀾堂自龍吻下方池轉惠山寺佛殿前金蓮池出龍嘴入大河而泉之流於是乎遠傍惠泉居者皆云泉底有蟹眼泛溢鉞躬親綆汲計時不過五六刻需夫三十名測水之多寡亦只三百餘石而池底見矣池底上碧沙平沃較凡井為潔惟右角有

泉汩汩流出形勢甚急半晌而泉復舊
觀其諸所謂泛溢之蝌眼歟抑探而上
之另有源頭也康熙二十三年
聖祖酌而甞之二十八年復臨泉上
御書品泉二字
今上三次南巡往返臨幸烹泉煮茗疊邀
品藻焉

無錫縣知縣吳鉞